命中注定 你爱我

邬勇 / 作品

吉林出版集团有限责任公司

图书在版编目（CIP）数据

命中注定你爱我 / 邬勇著 .— 长春：吉林出版集团有限责任公司，2014.9
ISBN 978-7-5534-5338-5

Ⅰ．①命… Ⅱ．①邬… Ⅲ．①长篇小说—中国—当代 Ⅳ．①I247.5

中国版本图书馆 CIP 数据核字（2014）第 186672 号

命中注定你爱我

著　　者 邬　勇
责任编辑 顾学云　奚春玲
封面设计 林菓设计
开　　本 880mm × 1230mm　1/32
印　　张 8
版　　次 2014 年 10 月第 1 版
印　　次 2014 年 10 月第 1 次印刷

出　　版 吉林出版集团有限责任公司
地　　址 北京市西城区椿树园 15–18 号底商 A222 号
邮编：100052
电　　话 总编办：010–63109269
发行部：010–51582241
印　　刷 北京天宇万达印刷有限公司

ISBN 978-7-5534-5338-5　　定价　29.80 元

举报电话：010–63109269

目　录

1　只要你，相依为命

“我同时爱上了两个人，”我和桃儿说，“怎么办？”

“别扯淡了，”桃儿看都不看我一眼，“这是不可能发生事件。”

“为什么？”

“最爱的人只有一个，”她严肃认真地瞪着我说，“就像老公只能有一个。”

“那是因为有法律约束！”我反驳，“那些‘老公’还不是抱着一个个姑娘喊‘老婆’呢！”

“可是真正的老婆只有一个，”她说，“所以最爱的人只有一个！”

她又把话题给绕了回去，自圆其说，总是很有道理。

“但问题是——”桃儿继续翻着她的漫画，城管来时，书贩子没来得及收拾，掉了一堆书，“你爱上了哪两个人？”

“我和你。”我说。

我爱桃儿。如果我是男的，我会不顾一切爱她、疼她，让她幸福。

“桃儿，”我说，“要不咱俩赚钱了去国外领证吧。”

“我呸！”她啧我一脸，“等我有钱了，我要找到我的卡卡……”

卡卡是她喜欢的漫画男主人公，不过在我的印象中，这名字已经被替换了至少有十次了，樱木花道、越前白龙、宇智波、不二周助……全是她的口味，最奇葩的一次，她做梦喊着：柯南！你再不长大，姐姐我要嫁给大熊了！

“你说，”我说，“我们会嫁给什么样的人呢？”

“段桥依，你放心，”她居然能放下她的漫画书，然后很认真地对我说，“没人要，咱俩就相依为命一辈子！”

这就是我和桃儿的感情。

我和桃儿相识，是在一家夜场 KTV。

我学室内设计，在一家新成立的装修公司上班，不过后来才发现，这公司老板是个超级坏蛋。那次，这坏蛋老板接了一个大客户，整整 50 万平方米的装修，要是能吃下来，够公司活两年。为此他竟动员了全公司的女职工，当然也包括我，去陪那个土豪客户吃饭，吃完还不尽兴，要去 KTV 唱歌。

结果，其他的女同事都说要回家给孩子喂奶，只剩下了我，后来又来了几个小姐。

“谢谢你。”我说。

“你没伤着就好，”她说，“我叫骆桃，她们喊我桃儿。”

她看了看我上下，确定我没有受伤。

“怎么会有这种无耻的老板？”桃儿唾弃地说着，“既然看到自己的员工被人摸来摸去，还在那儿拍手叫好？”

“没有摸来摸去，”我纠正她刚才的话，可又想不出话来说，“他……”

刚才那王八蛋客户竟然要我去跳舞，我说我不会，那坏蛋对我狠瞪眼，告诉我这个月的工资要被扣了。那坏蛋给那王八蛋客户使了个眼色，然后对我说，“把衣服脱下来，跳得利索点。”

“他脱你衣服嘛！”她说，“我实在看不下去了。”

桃子说，她来跳。那坏蛋竟发疯似的甩了桃子一个耳光，“关你屁事！”

“你砸他的时候，脑子里想的什么？”我说。难以想象，一个我素未谋面的女孩竟然会为我这个毫不相干的人得罪她的客人，而且还用啤酒瓶打破了他们的脑袋！

“我只想把你拉出 KTV。”她说。

毫无疑问，我和桃儿从走出 KTV 的大门起，我们便同时失业了。

我们喝了很多酒，我们说了很多自己的事。

桃儿其实是个大学生，某 211 重点大学毕业，专业是市场营销。3 个月前，她那酒鬼父亲喝醉酒打她妈。她把她妈送去医院检查，结果是脑震荡。酒鬼父亲不但不给治疗，还要离婚。

“我妈一个月医药费就一万多，”桃儿说，“我存的钱只够她治疗两个月。”

我听桃儿说。

“后来我辞掉了工作，”桃儿已经泪流满面，“在夜场一个晚上就能赚三百块小费，运气好，还会多点。”

“你挣一个月的钱只够撑你妈一个月的医药费。”我说。

“是的，”她的泪沿着脸颊滑落，“所以我白天还要打工，养活自己。”

她后面的话我很赞同，因为我也是如此。

“桃儿，”我说，“要不我们单干吧？”

“啊？”桃儿放下手中的咖啡。

“我们一起成立一间工作室怎么样？”我说，“现在那些明星不都有自己的工作室吗？冰冰工作室、晓明工作室……很多很多！”

“那我们做什么啊？”

我抿了一口咖啡。

“你学的是市场营销，我会室内设计，我们就成立一间室内设计工作室！”我兴奋说道，“你负责市场，接活儿；我负责设计，把活儿搞定！”

“那我是你的经纪人？”

“半个，我连人带钱都归你管！”

“还有一半呢？”

“做我的另一半。”

我正在为合租的事情发愁呢。

桃儿顺理成章地搬进了我的合租房，一个 60 平方米大小的房子。

我们把积蓄都拿了出来，凑了凑，总共是五万左右，我三万多点，桃儿两万。

“这是我们所有的家当了，”我说，“我要把它分成两部分。”

“哪两部分？”桃儿问。

“一部分钱用来租一间办公室，作为我们办公的地方。”我说。

“另外一部分呢？”

“剩下来的钱给你妈妈治病。”我说。

“桥依，我……”

“桃儿，”我挡住她说话，“你救过我一命。何况救人如救火。”

“可万一……”

“没有万一，”我说，“只要我们好好干，不仅能帮你妈妈把医药费付清，我们还能攒不少钱呢！”

“医生说我妈至少还有半年才能出院。”桃子说。

“一年咱也养得起！”

就这样，我和桃儿在朝阳路上租了一间 10 平方米大小的地方，这里以前是一家彩票店。

“就这窟窿大点的地方竟然要三万块钱！”我和桃儿一并抱怨道。

不过我们还是乐呵呵地付了钱，租下了这 10 平方米的店。由我设计了一套简易、时尚且廉价的装修方案，桃儿找的装修队来装修，总共成本才花去了三千块钱。

“桃儿，你是怎么谈价钱的？”我惊讶地看着她。

“关键是你的设计方案好，”桃儿说，“我已经迫不及待要开始为我们的事业奋斗了！”

我和桃儿的梦想工作室就这样神奇地成立了。桃儿把剩下的钱寄给了医院，我们身上只有一个月的伙食费了，而且不能太奢侈。

“这招叫做釜底抽薪。”我说。

“你抽筋吧！”桃儿在网上发布着信息，“要不要把咱俩的照片贴上去？”

“干吗？”我说，“你要招婿吗？”

“我要是客户，看到是俩美女的设计工作室，一定飞奔而来。”

“没几天就有工商局来查你了，”我一边说着，一边翻着一本室内设计杂志，“你可别忘了，咱手续还不全呢。”

“等等，”桃儿转过头来看我，“你以前不是在装修公司工作过吗？”

“大小姐！”我迷迷糊糊地接起电话，桃子在电话那头骂着，“你再不干活儿，咱就喝西北风了！”

这已经是我们工作室成立两个月以后了。

“我的好桃儿，你就再让我睡一会儿，就一会儿……”我打了个哈欠。

“我们还剩 245 块 5 毛 3 角钱！”

“什么！”我一下子睁开双眼，从床上坐了起来。

“什么？”桃儿说，“我给接了十一个活儿，你推掉了十个！”

“桃儿……”我连撒娇带哀求地说。

“别又跟我说你又遇到奇葩了，”桃子说，“上上回，你说那客户一看就是色狼，你推掉了。那上次呢，我们都收了人家的预付款了，你倒好，说人家三十来岁刚离婚，你怕人家移情别恋爱上你。”

“那些婚恋专家是这样说的。”我解释道。

“可人家是女的呀！”桃儿嚷道，可以听到电话那头她拍办公桌的声音，“你赶紧给我来梦想屋！”

“又有活儿啦？”

“来再说！”

桃儿挂断电话。

桃儿从我给她的客户资料里面，谈成了我们的第一笔交易，挣到我们的第一桶金，也是迄今为止，我们唯一的一笔收入——8000 元。

为了这活儿，我和桃儿前后忙活了一个月，不停地修改方案，再修改、再修改。

第二个月我就疲了，桃儿给接了几个活儿，我去谈了几回，想着第一桶金还够吃，就没太上心。结果不知不觉中，就损失了大大小小十个客户。

电话又响起。

“我知道啦，我马上来！”我说。

“是段桥依吗？”电话那头传来一个年轻女人的声音。

“是的。请问您是……”我以为是桃儿联系好的客户给我打的电话。

“我是安恩，”她说，“我回国啦！”

“她是我最好的闺蜜。”我和桃儿说。

“去你的！”桃儿用一张 A4 纸甩我，一张薄薄的纸她没扔出半米远，“你这是有了老婆忘了娘！”

桃儿在吃醋。

“娘。”我捡起纸，然后卖萌地说道，“我们干活儿吧！”

“给老娘把这回的活儿搞定！”桃儿笑啧。

我手中的纸就是这次要接的活儿。

这次的客户是一位三十五岁的先生，某知名外企总监，资料上写的我就用四个字形容：身价不菲。

“人家比你大将近十岁，别哈喇子流一地了。”桃儿说，“成功人士，只可惜家庭不幸。”

“离过一次婚的男人是个宝，你不懂。”我说。

“问题是——”桃儿停顿，然后说，“他离过三次了！”

“渣男！”

我跟桃儿说我不想去，我怕见着这渣男，我控制不住我脾气。离婚三次了！他都没家庭，还买新房做什么。

“新交的女朋友啊！”桃儿说，“资料上不都写着吗？”

桃儿指着资料上的文字：

两个月后将搬进去，希望你们的设计能让她满意，不胜感激。

陈云枫

“估计又是小三上位。”我说。

“段桥依！”桃儿突然放大嗓门，吓了我一跳，“你能抓住重点？”

“好吧。”我说，“看在钱的份儿上。”

我给陈云枫打了好几回电话，响了几次都被挂断了。然后我收到一条短信：

对不起，我现在忙。有空回你。

“不就是个总监吗？”我对桃儿抱怨，“耍什么大牌！”

“你生气可别糟蹋我的书！”桃儿从我手中夺走她的漫画书，不过已经被我撕了口子。

“土豪！”我继续泄愤。

“段桥依！”桃儿盯着我，“别把你的个人情绪带到工作上来！我要友情提醒您一点：我们即将断粮了！”

“怕什么！”我说，“你绝食！”

“为什么是我？”

“胸太大！”

别无他法，只能枯等陈云枫主动打电话给我们。

“你到哪儿了？”安恩在电话里催我。

“大小姐！”我说，“已经在地铁上了。”

我和安恩约在世纪大道上一家西餐厅见面。为了今天的重逢，我从昨晚就在纠结一个问题：我明天该穿什么好呢？最后，我穿了一身桃儿的衣服。

“会不会太露了？”我看着身上的V领T恤，对桃儿说道。

“这叫性感！”桃儿帮我拧开上面的一枚扣子，说道。

“我总感觉这裤子太紧了。”我穿着桃儿的紧身牛仔，感觉两条腿的肉都被挤压成一团。

“这是瘦身裤！”桃儿不屑地说道，“你还是别去了吧。”

“为什么啊？”

“你得一鼻子灰回来！”

穿上桃儿的这身，回头率蹭蹭往上蹿。坐在地铁内，一抬头，一目对十目。站我身旁的这位男士，哈喇子都快滴下来了，我下意识扣上了上面的纽扣，得赶紧止住他的哈喇子。

世纪大道地铁出口，安恩又打电话来催。

“佛祖，”我说，“我已经到世纪大道了！”

“等你等到黄河水都快干了！”

“你可不能诅咒咱祖国的美好河山……”

高档的法国西餐厅。

说实话，长这么大，我这还是刘姥姥进大观园——头一回。我问人家，8 号包厢在哪儿，人家微笑着摇摇头，他是法国人，不懂汉语。

我焦头烂额，好不容易见到法国帅哥却不能泡，最主要的是，我特尴尬地站在前台，然后说着蹩脚的英语。

“Where is the number 8 room……”

我当时一定脸红得不行，就跟泼了一脸法国红酒似的。

“泡妞要钱，”桃儿说，“泡男人得要文武全才！”

“文武全才？”我问。

“是的，”她说，“能唱会跳，最好还有点文艺爱好什么的，还要英语倍儿流利！”

“这不是成了外交发言人和蔡依林的混合体？”

“必须的！”她说，“你看人家肯尼迪总统，再看看人家奥巴马，叫做‘明星政客’，泡全国老百姓……”

“而且还男女通吃。”我补充道。

难怪安恩会死命催我，不止她一人在等。

“我给你介绍一下，”安恩对她身旁的这位男士说，“这是我大学最好的闺蜜，段桥依。”

我尴尬微笑，以示友好。

“这是我的男朋友，”安恩对我说，“林川北。”

他亦对我微笑，以示友好，不过笑容显然比我自然许多。

服务员递给我菜单。

“我们在法国留学的时候认识的，”安恩继续说，“他是华人学生会主席。”

我看着菜单上满页法语，然后听着她的谈话。这家超牛餐厅在中国开，也不整个中文菜单，英文的也好啊！诅咒它早点关门大吉！我在心里抱怨着。

他跟服务员说了两句话，用的法语，应该是换个中文菜单之类的。随后，我便得到一份中文菜单，不过新的难题又出现了，我压根不知道那些菜名指的什么菜！

“我了解她，我来。”安恩拿过菜单，然后跟服务员说了一堆法语，当然她是在帮我点餐，她了解我。

“才多久没见啊，”她说，“您这是受啥打击了，把自己整这样？”

安恩才注意到我今儿的着装。她笑得前仰后合，半秒之前，V领最上面的那枚扣子居然被弹飞！我顿时脸上火辣辣，如炉炙烤！

“你还笑！”我说，“把那扣子捡来，我还得还人家呢！”

扣子刚好弹在了她男友的杯子边。

“我说，”她还在笑，“亲爱的段桥依，我的好闺蜜，我快被你笑抽了！”

“你可真够尴尬的！”桃儿趴在枕头上笑翻。

“还不是你的主意！”我挠她，“你就是故意整我的！”

“话说她男朋友当时是什么表情？”桃儿问我，“那眼神一定钻进你胸口了吧？”

“他脸红了。”我说。

“你小心把嘴笑歪了！”我对安恩说。

服务员上好菜。

“对了，”安恩喝了杯东西，我喊不上名儿，“你的梦想屋怎么样了？”

“苟延残喘，”我说，“不过我俩有信心！”

“考虑下我入股呗？”

"没门！"我喝了一口汤，有点呛。

"你真不让她入股？"桃儿停止笑，转而认真地问我。

"她那是开玩笑呢，"我说，"人家留学回来，大好前程奉献给我们这破烂小屋吗？"

"啥叫破烂小屋，"桃儿跟我急了，"你妄自菲薄我不管，别连着糟践我啊！"

"就算她想来，我也不让啊！"我自顾自地说，"我可不能把她往火坑里推。"

"敢情你在骗着我下火坑啊！"桃儿把我推倒在床上，死命挠我痒痒。

"我错了……我错了……"我求饶，"我不想多个人多分一杯羹啊！"

"我这小庙怎容得下您这尊大佛。"我对安恩说。

我和安恩是属于那种互掐型闺蜜，哪天要是见面不互掐一下，就感觉那感情上不来，憋得慌。

"好了好啦，"她迫不及待地说，"我要正式宣布一个好消息了。"

她不说我也能猜到。

"我和川北准备结婚了。"她说，挽着他的胳膊，满脸的幸福阳光。

祝福的话我还没来得及说，陈云枫一个电话把我喊走了。我本来对他一肚子怨气，就在一个小时之前，我还叮嘱自己，今天他要是打电话来，我首先就劈头盖脸骂他一顿，就算不赚钱我也要把这怨气给出了！可在通电话的整个过程中，我却变成了孙子，言语温和，毕恭毕敬。

"人家是你的客户，你装孙子应该的！"桃儿很不屑。

“你知道我当时为什么没骂他吗？”我说，“我当时就在想，等我们赚钱了，我也要带你去吃一顿法国餐！”

“敢情这顿法国餐还激励了你的斗志？”桃儿鄙视我。

“准确点来说，”我说，“应该是我想请我亲爱的桃儿吃大餐！”

每当桃儿想骂得我狗血淋头的时候，我总是打感情牌，屡试不爽。

我挂断电话，嬉皮笑脸对着安恩。

“您别！”她说，“咱俩两年才吃这么一顿饭，不许走！”

“客户……”我温柔小声地答道。

“让他一边儿待着去！”她继续说，“你又不是保姆，还随叫随到了？”

“客户是我的衣食父母，”我很认真地说道，“对客户不敬，那也是不孝嘛！”

“段桥依！你为一个半路杀出来的客户，要抛弃两年没见的同学、舍友兼闺蜜吗？”

“你可以抛了再捡回来，”我又喝了口汤，“但是客户抛了那就是眼睁睁看着一堆人民币下了火葬啊！”

我转身欲走，又回了头，“改天我为你们接风！”

“你也没祝福人家。”桃儿说。

“太急了，忘了。”

“你怎么了？”桃儿问我。

我突然变得有气无力，竟然有些黯然神伤。

“我没事……”我说着没事，而桃儿帮我擦掉眼泪。

我从餐厅出来后，猛吸一口气。

人是会变的。就跟这气味一样，里面和外面就是两种味道。

我流泪了，我再也控制不住。

我要感谢陈云枫，否则我真的不能保证我还能够继续逞强、坚持多久。即便是脸红尴尬，我也努力使自己保持微笑，我别无选择。

其实刚进餐厅，我就很难控制，我埋着头，看着看不懂的法语菜单，翻了好几页我才发现居然是法语！

我赶到陈云枫约定的地点，已经是下午三点。

“不好意思，”我开口道歉，“没注意，地铁坐过了两站。”

“你有心事吧？”他说。

“啊？”

我看着他，有点发愣。他戴着眼镜，斯斯文文的模样，穿着休闲西装，却搭配了一条褪色牛仔裤，脚上还是一双棕色板鞋，有点不伦不类。

“喔。”我晃过神来，“我没事。”

难道我有心事会这么明显，写在了脸上？

“你的——”他停顿，我疑惑地看着他，等着他说下去，“扣子。”

我低头看自己的胸，他娘的！第二枚扣子不知何时也掉了，胸口露出一半。

“闭眼！”我迅速遮住胸口。

“他怎么知道你有心事？“桃儿半愣着问我。

“废话！”我喷她，“没心事，谁还会不知道自己的胸口露出一大半？”

她若有所悟地点了点头。智商真是硬伤。

“还真让你说准了，”我说，“一鼻子灰回来。”

“您别这么说，”她反驳，“谁让你是D卡普呢？”

“还说我，”我用漫画书砸她，“都是你胸大无脑惹的祸！”

陈云枫带我参观了他的新房。是一套复式，上下两层总面积有160平方米，还有阳台，面朝南。

“段小姐，”他说，“你感觉怎样？”

“叫我小段就成，”我说。这不是炫富么！还用得着问吗？市中心房价已经超了3万一平方米，这一套下来，没个500万，也要有400万，还问我感觉怎样，多此一举。我嘴上应道，“还行。”

我总不至于很奉承地说，“您真有钱，这房子真高档！”虽然是心里话，但是说出来就跌份儿了，我得冒充一个资深的设计师，“我设计过很多类似的楼层了，您这个不算什么，我会帮您搞定的！”

如若不然，客户就会怀疑你的实力。桃儿就是这样教我的。

“这是房门钥匙，”他递给我一串钥匙，“你要想过来看，随时过来。”

“您这么做不妥吧？虽然只是空荡荡的房子，但是这要万一出点什么事……”

“没事！”他说，“既然选择了你们，我就绝对信任你们。何况我平时工作忙，也没有时间每次都陪你来。”

“切！”桃儿对我嗤之以鼻，“这房子你又盗不走，人家房产证上写着自个儿的名字呢。”

“也是喔！”

“你就没问点其他什么事？”桃儿好奇地问我。

“啥事？”我疑惑。

“他离婚三次呀！”她说，“多好的八卦题材啊！”

“你又不是狗仔，何况他又不是明星。”我鄙视她。

“这叫全面搜集客户资料，”她说，“更好地为客户服务嘛！”

“服务？”我诡异一笑，“你去服务呀，改明儿你去。”

“你净是龌龊思想，我先脱了你！”

每晚，我和桃儿都得闹腾半宿。

我趴在办公桌上发呆。桃儿在翻着她的漫画书，她手里永远有看不完的漫画书。

“呀！”她突然尖叫，把我惊吓了，“我忘了问他收定金了！”

“谁呀？”我继续趴着问道。

“当然是陈云枫啊！”

“我还没给人设计方案呢。”我说。

“那可不行，”她放下漫画书，“人家要是反悔了，怎么办？”

“不至于吧？”我还真怕他突然变卦了，不然我和桃儿马上就要喝西北风了。

说到喝西北风，截止到昨晚，我和桃儿所剩财富还有 102 块 7 毛。

我和桃儿正担忧呢，陈云枫打电话过来。

他说，他已经给我们账户汇了百分之三十的定金，希望我尽快把方案给他。

这可真是救命钱哪！我激动地抱住桃儿，“姐们儿！晚上咱去吃大餐！”

这比我们第一次接到活儿、收到钱还兴奋。

“看看他汇了多少定金。”我们停止兴奋，桃儿打开电脑，我们握着彼此的手，心怦怦直跳。

桃儿紧张得连续输错了两回密码，害怕得不敢继续输入，让我来。

我摁了回车键，然后跳出账户余额，“三万！”我和桃儿异口同声地喊了出来。

我和桃儿目瞪口呆地看着对方，难以置信！

我合上桃儿的下巴，“赶紧弄方案！”

事与愿违。我和桃儿折腾到半夜，也没弄出个像样的方案。

“我能帮你找到的方案可都在这边了，”桃儿往我桌上堆了一堆设计方案，“要不行，咱就抄袭一个。”

“抄袭要管用，我早发大财了！”我焦头烂额，捧着脑袋，“这玩意儿得看客户的口味，得按照他的要求来。”

“他什么要求？”

“不知道。”

“不知道？”

“他没说，我也没问。”

“那你怎么设计？”

“他就给了我一串钥匙，”我说，“让我自己去感觉。”

“那咱就搬进去，好好感觉！”

早晨醒来，电话上有六个未接电话，全是安恩打来的。我醒来时，桃儿还在睡，半裸着。

两人竟然睡得都跟死猪似的，谁也没听见铃声。

我给安恩回电，迷迷糊糊。

“段桥依！”一接通，就听见安恩尖锐的声音。

我把耳筒拿开半米远，真害怕她的声音震破电话的耳筒，还要让我的耳神经受罪。

“佛祖。”我迷糊地说着，“你家妞昨晚工作到凌晨四点才钻进被窝，您老就别怪罪了！”

“少来！”她说，“我命令你半个小时内出现在中央广场。”

“干吗？”

“来了再说。”

“多给一个小时成不？”她已经挂断电话。

“谁呀？”桃儿转过身，把手又搭在我的胸上，男人都没摸过，给她占尽了便宜。

就这样我和桃儿继续抱在一起睡着。

"桃儿，"我趴在床上，桃儿给我按摩，"你谈过几次恋爱？"

"两次，"她说，"要我下手重点吗？"

她捏着我的肩膀，和安恩逛了一天，累得我想直接趴到马路人行道上。

"你先看看我的腰还在么，"我说，"我一整天屁股没着板凳。"

"所以说，"她说，"逛街消费这差事，不仅要有钱、有体力，还要有——"

"还要有什么？"她说一半，停住了，拳头停在我腰上。

"还要有动机，比如喜事将近，或者是家破人亡，花钱发泄来着。"

"桃儿你张嘴太狠毒了！小心一辈子没人要。"

"消费也是一种行为，只要是行为就有动机，"她说，"市场营销心理学。"

我突然惊醒：糟了！我答应安恩一小时到达中央广场的，只顾睡觉竟然忘了这茬儿。

我把桃儿的手从我的胸部挪开。她睡觉每次翻身，手直接扑腾到我胸上，硬是每次把我惊醒。我能预感到不久的将来，我的胸部会被她拍成男人的胸膛。

我穿衣起床，到出门，总共用时 7 分零 8 秒，这算是破我自个儿的起床记录了。

没有乘地铁，直接扑向了一辆出租车。上车之后才发现有什么事情不对劲，不对啊，这么长时间，安恩怎么没催我呢？我心里想着。

我拨通安恩的电话，无人接听。这妞怎么回事？我心里堵塞，安恩不会遇到紧急事了吧？

她是个做事条理最清晰的人，至少在我的圈子里，她是这样的。如果有急事，她会立马给我电话，何况自从她挂断电话之后，她就没打电话催过我，这不符合她的行为习惯呀？

“那后来你怎么找到她的？”桃儿问我。

“我还能怎么办，”我把枕头塞到腹部下，让腰挺直，“我先到了中央广场。”

“然后呢？”

“她在拍婚纱照——妈呀！”我激动地说着，腰一挪动，真心酸疼。

“你去的时候，他们一定刚拍好。”

“你怎么知道？”

“这不是废话么！”桃儿说，“不然哪有时间去逛商城的。”

听上去她的推理非常在理，我顿时感觉自己的智商前途一片黑暗。

“亲爱的，”我在电话里说，“您大老远让我赶来，不至于为了放我鸽子吧？”

安恩总算回电，我刚到中央广场。

“等你出现，黄河水都干几千年了！”安恩说。

我找到安恩所说的巴黎婚纱中心，在店门口，她正和林川北吻别，时间不长，大概有五秒钟时间。

“你俩把这儿当法国了，还在街头拥吻。”我说。

“走自己的路。”

“强奸路人眼睛。”我打断补充道。

安恩说我太刻薄，一定是从小断奶太早了，说话舌头不打滚儿，直来直去。

“比不上您，”我说，“您的 Level 更高一层。”

“是什么？”

“尖酸！”

安恩说本来等我来帮她挑婚纱的，但是一想到我的眼光太不靠谱，就自个儿先试穿了。

“段桥依，”安恩突然极其严肃地看着我，“还记得我们大学毕业的时候，我们说的话吗？”

毕业前夕，我和安恩哭了一下午，而且她一个星期后就去法国。我和安恩曾经说好毕业以后一起留在安定，永远不离不弃，为此，我和她大学四年都没谈男朋友，这是我们之间最初的约定。

我当然记得。我们答应对方，不管将来在何时何地，对方一定要是看到自己穿婚纱的第一个人。

“我错过了你第一次穿婚纱。”我说。

“不！”她说，“从现在开始，我们的条约改了。”

我皱紧眉头看着她。

“我们结婚要穿上对方为自己设计的婚纱！”

“啊？”

“你啊什么啊！”桃儿使劲儿按了下我的后腰，说着，“不按了！累死本美女了，你逛街陪玩，回来我还得跟着遭罪！”

“我的好桃儿！你再给我揉揉嘛。”我故作可怜，她无动于衷，我转而威胁，“哎呦！我明天还得想方案呢，可怜我的腰，怕是明天后天都直不起来哦……”

“你少来这套！”桃儿不知何时又捧起了她的漫画书，我几次做梦都一把火把她的漫画书全烧了，梦里很泄愤，她爱她的漫画胜过爱我。

“你要是再敢把这次的活儿搅黄了，以后就别指望我给你接活儿了！”

“保证拿下！”我翻了个身，抽去枕头，对灯起誓。

“你不怕你穿上我设计的婚纱，结婚当天丢人现眼。”我说。

“当然怕呀！”安恩说，“可是我相信你！”

“放心吧，”我说道，“我一定让你成为最美的新娘。”

她听我说，讶异地看着我。

“既然你这么信任我，我不会让你失望的。”我笑里藏刀地说。

她心里一定千万个后悔。

“你呢，”桃儿反问我，“你谈过几次恋爱？”

“算一次吧。”我说。

“什么时候？”

“高中，”我说，“大学的时候偶尔联系。”

“初恋都这样，”她说，“就跟《那些年，我们追过的女孩儿》一样，你就是那……叫什么的？陈妍希演的……”

“沈佳宜。”我回答她。

“对对对！”她说，“不过大多数初恋结局都一样，死得很凄凉。”

“凄凉？初恋不应该是美好的吗？”

“那是过程，”她说，“所有的恋爱过程不都是美好的吗？但是只有初恋死得凄凉。”

我困惑地望着她。

“无人收尸啊！”

是哦，既然初恋注定失败，谁也没必要为谁负责。

才思堵塞、江郎才尽……抓耳挠腮一个上午，设计方案也没能弄出半个影子。

“桃儿，”我苦恼地说，“我感觉脑袋一片狼藉状态……”

“你是不是被金钱熏心了？”她说。

“有点，”我说，“我怕自己的作品不值那么多钱呐！”

“值不值不是你说了算，他认可了就值！”

中午，桃儿去朝阳路上一家快餐店，买了两盒饭，我食之无味。

“咱不行就转给别人，我们从中间拿回扣。”桃儿说。

“那我们跟中介有啥区别，我不干。”我说。

“我们是雇人，和中介是两码事。”桃儿强词夺理。

“总之我不干，”我说，“这三万块钱我们要自己完完整整吞了！”

我说得特豪爽，桃儿惊讶地看着我，特像吹牛。

“我下午就蹲进去，想不出方案老娘我还就不出来了！”

我背着包，一路地铁到了陈云枫的新房。我没有事先告诉他，用他给的钥匙打开了房门，一股甲醛的味道。好歹把窗户打开，反正空空荡荡，就算小偷进来也是空手回去，省得害本姑娘受满屋子的甲醛荼毒。

我先逛了整座房子，要比上次仔细。虽然是复式的，但是上下两层的空间都还蛮大。下层有一间全套卫生间，还有个独立卫生间，厨房和客厅连在一起，有点欧美式的建造风格。客厅算是主要空间，另外有一个主卧、一个侧卧，准确点来说，应该是婴儿房才对，面积相对小很多。

楼梯是双层木头，一面靠墙，带单侧扶手。上层有一间标准卫生间，还有两间面积差不多大小的卧室，但是一间有窗户，另一间没有。

整座房子的结构大抵就是这样。

我走到窗户边，下面是阳台，可以晾衣服用。从窗户的角度上看，房子的整体采光效果不错，而且居高临下，安定市的夜景能尽收眼底。

“我要是有一天能买得起这样的房子就好了，”我对桃儿说，“多阔气呀！”

“别做梦了！”桃儿居然合上了她的漫画书，“咱能买他的一层就算走运了！”

“你净会打击人，没准儿哪天我出名了……”

“您打住！”桃儿凑到我跟前，“我给你算算。在市中心三环以内就没个低于三万一平方米的，我们假设买个 80 平方米的，装修不算在内，咱就得花掉 240 万，还得找关系才有这价！”

桃儿说得我一愣一愣的。

“而且现在房源都满了，别说 240 万，您就是双倍价，也未必能买到！”

我委屈地看着她。

“但是，”桃儿转悲为喜地说，“如果每次都能遇到陈云枫这样的客户，没准儿咱的愿望就真能成真！”

桃儿说这话的时候，满面桃花，好似那陈云枫的房子就是她的。

我打开背包，取出相机，把房子内外 360 度无死角全拍个遍。拍完的时候，我胳膊都酸死了，宽敞的房子，还是复式的，真够麻烦，前前后后我拍了一百来张，外加两个短视频。

接下来就是最头疼的问题了，该怎么动笔呢？我发誓，姑娘我要是整不出个方案，就不迈出这个门。我来之前桃儿特意为我备了一天一夜的干粮：五袋干面包、一盒巧克力、三瓶矿泉水，还有一瓶老干妈。

越是急躁，大脑神经越拉不住弦儿。

“我教你一招。”安恩在电话里和我说，“把脑袋放空，让自己大脑一片空白，你就想象天上的白云一片一片的……”

实在无聊，几欲崩溃之际，我给安恩和桃儿都打了电话。

“把脑袋放空？”桃儿在电话里特惊讶地对我说，“你以为你的脑袋是垃圾袋啊！说能倒空就能腾地儿了？”

“那怎么办？”我说。

“你心里铁定有事。”桃儿说。

我坐在陈云枫家阳台一直到天黑。

有人敲门，开门的瞬间我扑在她身上哭了。桃儿要来陪我，她说她早看出我心里有事了。

其实也没什么大不了的事。

桃儿带了易拉罐啤酒来，我们啃着沾着老干妈的干面包，喝着往啤酒里加了几块巧克力。

“说吧，”桃儿说，“有什么难言之隐，全给我吐出来！”

我们就坐在阳台外，夜色微亮，不温不冷。我和桃儿连干两瓶易拉罐，我不胜酒力，竟情不自禁哭了出来。

“我等到他回来了。”我对桃儿说。

难道初恋真的只有一种结局，只会死得比较凄凉吗？

“然后呢？”桃儿问。

“可是，”我说，眼泪决堤，“他已经把我抛弃了！”

有一种委屈。

2. 最后一刀

林川北，我的初恋。

我们考取了不同的大学，他偶尔会来我的学校看我，但是我身边的人并不知道他的存在，包括安恩在内。直到有一回，他说，他要去法国留学了，两年以后回来，他说他喜欢我。然后我就等，一直在原地等他。

在法国餐厅，我从窗外一眼就认出了他。他和安恩就在那里，有说有笑，特别搭。我低头看着法文菜单，因为我不敢抬头看他们。

其实他也从来没有对我承诺过什么，只是我自己的一厢情愿而已。他说喜欢我，然后我就信了，自己以为等着心爱的人，其实自己等的只是一个告别而已。

告别有很多种方式的。说爱你，不仅仅只是一种开始，有时候，它也是代表着一种结束。就像他说的，“段桥依，我喜欢你。我走了。”

走出餐厅的我，哭了。以安恩的性格，他怎么可能不知道我的存在？可是他为什么不给我一个解释，哪怕是打个招呼也成，我会真心实意祝福他的。

“你的闺蜜和你的初恋好上了呗！”桃儿说。

我点点头。

“人家又没做偷鸡摸狗的事，”她说，“何况你和他，严肃点说还不算恋爱。”

我盯着她看。

“当灰姑娘特别渴望水晶鞋的时候，逮个男的就是王子。”她说，“你俩有接吻吗？”

我摇摇头。

“你俩有牵手吗？”

我点点头，又摇头。

“你所谓的初恋其实也就是个形式，”她说，“连暧昧都不算。人家凭什么要对你负责？”

她又绕回原点。

“你的梗不在这里。”桃儿一饮而尽，说道。

仿佛回到了大学。那年冬天，我和安恩熬夜不眠，裹着被单，挤在宿舍阳台，等着看外面的流星雨，结果下起了雨，流星没见着影儿，我俩发了两天高烧。

我和桃儿把陈云枫的阳台搞得狼藉不堪。桃儿躺在我的身上，她醉了，这是我第二次见桃儿醉成这样。第一次还是她拉着我逃出KTV那晚。桃儿心里有很多苦，所以她说话才这么刻薄。这是她的自我评价。

桃儿说得对，我的梗不在这里。爱，如果不说出口，谁能猜透人的心呢？可是，我和安恩有过约定，大学里谁也不谈恋爱。她没有，我更不能有，所以我拒绝了他——林川北。

直到他离开去法国，我毕业了，他最后一次说喜欢我，我才如梦初醒。但是等待，已经成为了一种告别。

我喝尽剩下的啤酒。

再次醒来的时候，光线直射眼眶，我艰难地睁开眼。我推醒桃儿，被她枕了一宿的两条腿，已经麻木。

醒来之后，我和桃儿都惊呆了。陈云枫正收拾着我们昨晚的现场。

我顿时心生尴尬，不知如何面对才好，只能从后面使命拽桃儿的衣服，让她做替死鬼。

“陈先生，不好意思，”我嬉皮笑脸地说，“昨儿我来看看房子的，怎知我这姐妹昨儿被她那负心汉给抛弃了。”

我编到这的时候，桃儿掐着我的大腿，我看到陈云枫脸色铁青。

“是啊，”桃儿顺着编，“那孙子就是一奇葩，人渣中的奇葩！”

我和桃儿你一言我一语。

“所以，”桃儿说，“不就是个渣男嘛，还不如这啤酒味呢！恶心！”

桃儿越说越带劲，挡都挡不住，就冲着陈云枫。我以为他的脸色会由青变紫，而他却一直面无表情地收拾着垃圾。

陈云枫从里面拿出一包东西。

“吃吧。”他说。

我和桃儿大眼瞪小眼，顿时觉得自己狼心狗肺。陈云枫竟然给我和桃儿买了早餐。

“你这事就算过去了，”桃儿说，“不过你们仨要见面真有点尴尬。”

“我就怕安恩……”我说。

“你怕毛线！”她说，“你俩又没做见不得人的事！”

“你说，”我瞪着桃儿说，“他要是和安恩摊牌了，我和安恩岂不是很尴尬……”

“你俩的感情就值这？”桃儿一句话让我豁然开朗，“都什么年代了。就算你俩有过什么，人俩现在相爱着，与你无关。”

酒醒之后，头有点痛，昏昏沉沉的。桃儿嘀咕着：“送佛不送到西！好歹买杯咖啡呀！”

“我去楼下给你们买杯咖啡，”桃儿还在嘀咕，陈云枫已经开口，“提提神。”

“他会不会在泡我们？”我说。

“有可能，”桃儿貌合神离地点头说，“装君子！”

“你说，”我又问，“泡你还是我？”

桃儿看都不看我，“你。”

“你！”我俩异口同声。

事实上，后来我偷偷把桃儿的照片挂在了我们的工作室网站上去了。

陈云枫买回来咖啡时，我和桃儿正在折腾伸腰。桃儿从网上找了一套“伸腰秘诀”，据说可以修身，减去腰部赘肉，还能防止胸部下垂。我一直想不明白，这伸腰和胸下垂有什么关系？

不过这家伙怎么会一大早出现在这里？

“早上物业给我打电话。”陈云枫说，“他以为遭小偷了。”

“他大爷的小偷！”桃儿突然扯着嗓门喊道，瞬时的反应，顺带把我也惊吓住了，“他一管物业的，说有小偷怎么不上来抓啊？

全世界寂静了。

我和桃儿灰头土脸地从陈云枫的公寓出来，突然想起来钥匙还丢在楼上。我纠结要不要上去拿，不拿，我这活儿没法交差，拿吧，如何面对陈云枫？岂不是太跌自己的面儿了！

我看着桃儿，用极其乞求的眼光。最终毫无作用，卖萌无效，桃儿是死活不管。

我心里一横：真是死要面子活受罪啊！

“十万块买我一张脸，我乐意！”我面子值多少钱啊？肯定不值十万，为了面子损失十万真不划算啊！说完，我理直气壮地转身。

可是苍天啊！陈云枫为什么会突然出现在我身后？不要说十万，

这下我的面子算是分文不值了！

“你怎么……”我口齿不清地说着。

“我下来扔垃圾的，”我看着他手上拎着我和桃儿的“早餐”，顿时感觉自己不仅没了面子，素质还低到了脚底心。他继续说，“还有这个。”

他哪里是一手拿着钥匙，一手拎着垃圾袋。他分明是左手撕着我的面子，右手调戏着我的道德。

没了面儿，没了道德，可我还有尊严。突然感悟到，那些经常挂嘴边说“我是一个有原则的人”，一定是在既没了面子，又没了道德的情况下，情非得已才说的台词。

“咱以后是不是直不起腰了？”我下巴磕在桌上说着。

“姑娘，请问你有腰吗？”桃儿说。

我瞬间拾起桌上的杂志对准她的脸砸了过去。

“你有腰！你去啊！”我说。

“我去干吗？”她说。

“去色诱！”

“这是个好主意。”桃儿眉开眼笑地说，“只可惜我没机会呀！但是你可以啊，你经常和他接触，随便找个机会就把他拿下了！”

“去你的！”和桃儿对话，我永远是处于下风。

前前后后摸索了有一个月时间，我连张草图都还没设计出个影儿。桃儿不管不问，我琢磨着她怎么不急呢，没理由啊！

“我这儿还没谱呢！你就不怕我设计不出来啊？”我倒在沙发上，看着电视上播放着新版的《笑傲江湖》。

“我不担心啊！”她嗑着瓜子，翻着新买的漫画书，说着，“反正钱他打也打了，我们花也花了，还有退路吗？”

“有！咱把钱凑齐了退回去！”我理直气壮地说，不过瞬间气儿就没了，“不过那样我们就负资产了。”

“我压根不担心。”她说。

“为什么？”

“我相信你，”桃儿说着，听着这话绝对让我当时幸福感爆棚，我从沙发腾跃而起，做好扑向她的准备，她继续说，“不会让我失望的！”

我还以为她要说的是：你一定会成功的！

“你就等着绝望吧！”

其实桃儿分析得也对，我注意力压根就不集中，或者说我从来就没集中过，何况我满脑子闪现的根本不是什么室内设计图，而是些乱七八糟的东西。

桃儿合上她的漫画书，一把拽起我，“走！”

“去哪儿？”

深更半夜，桃儿拉我来到一家酒吧，酒吧名字还挺文艺的，叫做“忆栈无人”，直白翻译过来就是：思念休息的地方没有人。

我还是刘姥姥进大花园，头一回呢。我们从一条通道进去，感觉跟下水道水管似的，我紧紧拉着桃儿，边走边说，“要不咱们还是撤吧？”

“来都来了，跑什么！”桃儿回答我，不过明显感觉她自己也不适应。

“你原来对这地儿不熟啊？”我顿时有一种跟着假和尚念经的感觉。

“我也是第二次来，”她说，“在KTV工作的时候，和她们来过一次。”

“你这不坑人吗？”

“谁让你整天心不在焉的！”她说，“我只想到这种办法让你放松了。”

管道尽头便是酒吧中心。里面一群人正张牙舞爪地跳着，各种灯光此起彼伏地闪烁着。一个帅气的服务生带我们去了一个卡座，“你们来得真巧，这是今天最后一个卡座了。”

“散台没了吗？”桃儿问。

“不好意思，全都占着呢！”他微笑着回答，看上去有点像钟汉良。

“什么叫散台？”我窃窃问桃儿。

“散台就是消费便宜的那种。”桃儿回答我，“这卡座最低消费是散台的三倍。”

“帅哥！”我露出甜美笑容，“能不能打折呀？”

“钟汉良”摇头笑着。

“你这招根本没有杀伤力！”桃儿说。

说罢，桃儿站起身来，走到“钟汉良”面前，耳语了一番，竟然就这样搞定了。

“你跟钟汉良，不对，你跟他说什么了？”我问，实在想知道她使的什么招。

“你等会儿就知道了。”她笑里藏刀地答道。

很快，钟汉良给我们端来了十瓶啤酒。

“来！今晚不醉不归，不嗨不睡！干瓶！”

桃儿一口气喝掉一瓶，而我喝到一半突然想吐，不过看着三点钟方向的“钟汉良”正在看我，我眼一闭，跟着干了。

这是我和桃儿第三次这么玩命喝酒。

“段桥依！”桃儿说，“赶快从实招来！”

“招啥？”桃儿冷眼看着我，我只得承认，“好吧，我承认，我真心觉得你跟钟汉，不对，跟那帅哥服务生挺来电的！”

“放屁！”她盯着我，“我问你整天都在想啥？”

“我能想啥？我每天脑子都不够用在设计图上呢！”

“你不说是吧？”她说，“那我帮你说。林川北。”

“好啦！我说！”我赶紧打断她。

我把手边的酒一饮而尽。

“是的，自从那天在法国餐馆见面以后，我看到他，我就不能控制住自己不去想他，尽管我知道他已经和安恩在一起了，我不应该再去想，可是我就是忍不住！为什么会是他俩，为什么？”我终于眼泪决堤，哭出声来。

“他为什么连声招呼都不跟我打，他不认识我，好冷漠。”我继续哭着，桃儿抽出一张面纸给我。

“哭吧，哭过今晚，你还是你，那些过去都已是灰烬。”桃儿说。

我一直在纠结，纠结什么呢，纠结林川北是不是还爱我？亦或是他现在恨我？可是得到结果又有什么用呢？说到底是我跟他没缘分，我错过了他，然后放走了他。每个人都有追求自由和爱的权力，他找到了自己的缘分和真爱，这就够了，我应该祝福，何况那个人是安恩，我最好的朋友。

这又有什么不好？我曾经的爱人和我最爱的朋友生活在了一起。

我擦干眼泪。

“喝完这杯，忘掉一切！”桃儿和我又干一瓶。

“桃儿，我以后只有你了！”我依偎到桃儿肩上，故作可怜地说着，另一只手还拿着半瓶酒。

“你爱我，我爱钱，所以你要去挣钱！”她说。

“好啦！我明天开始会搞定设计图的！”我说，“不对啊！我成了你和钱的第三者？”

“不对！钱是第三者，我们要消灭小三，你强悍，派你去！”

打嘴仗我不是她的对手。

不知何时，“钟汉良”又送来一箱冰镇过的啤酒。看来今晚我和桃儿誓要上演“破产酒鬼姐妹”的好戏了。

“我真羡慕你。”桃儿突然对我说。

“你羡慕我毛线，我一不白，二不富，三还没腰，就美了点嘛！”我说。

“你至少有朋友有家人，不管怎样，有很多在背后爱着你。而我，这世上我最亲的人，我妈妈还躺在医院病床上，我还有什么亲人。”桃儿苦笑着说。

我明白桃儿心中的苦。她酒量还没我好，一喝就醉，但是只有每次醉酒，桃儿才会毫无顾忌地说出心里的苦。

“傻瓜！我就是你亲人。”我说。

已是午夜，酒吧的巅峰时刻。

舞池中鱼龙混杂，个个眉飞色舞、张牙舞爪地跳动着。有身材好的辣妹，跳舞也不错，看得我都口水直流。而在哈喇子流一地的紧要时刻，“钟汉良”及时出现，制止了惨象的发生。

只见他和桃儿窃窃私语，桃儿破口大笑着，弄得我一个人蒙在鼓中，丈二和尚摸不着头脑。紧跟着，音响里喊出了我的名字，“下面有请我们今晚的特邀嘉宾，段桥依小姐，为大家带来一段热舞！”

我啥时候成了特邀嘉宾？我惊恐地看着对面那两个人。而此时此刻，不知从哪儿冒出来的麦克风已经被塞到我手里，几乎所有人的目光都一致看着我。

我盯着桃儿，她这是搞的什么鬼？

“你先上，回去我再跟你解释，”桃儿小声对我说着，“你可以的！忘掉自己。”

不用猜也知道了，桃儿一定是出卖我换卡座打折。可是我很久没练过了，我根本动不起来呀！我对着桃儿使劲使眼色，可哪知背后群众的力量把我一路推到 T 台上。

我只能霸王硬上弓，幸好有 dancer 在后面衬着，不是独舞。台下一片叫好声，观众们都好热情。而在我视线之内，我已经看不到桃儿这缺货的人影了。

就在我束手无策的时候，突然有个人从背后抱住了我。我下意识转过身，是林川北。

“放轻松，”他说，“闭上眼。”

我看着他的眼，居然很听话地把眼闭上了，神奇的是，就在闭上那一秒，整个世界仿佛立刻清净有序了，没有了台下的嘈杂，耳边只有单纯的摇滚 DJ，拍子与心脏一个频率在跳动着。

“睁开眼。”他说。

我别无选择地睁开眼，看到了他似曾相识的笑容，好像很近，但又感觉到很遥远。

就这样，在他的“耳提面命”之下，我和他跳了一支贴身热舞，幸好我学过舞蹈，当然也幸亏有他的帮忙。

结束的时候，台下欢呼雀跃，而我却迅速逃离现场。

我在台下没有方向地挤兑着人群，而桃儿突然出现在了半路。

“你死哪儿去了？”我气急败坏地说道。

“我一直和你的‘钟汉良’在台下看着你呀！”她说，“不过，你跳得还欠那么一点点。”

“欠一点什么？”

“风骚。”

“滚你丫的！”

“喂！那男的在台上跟你说了什么啊？”她继续问我，“我在台下可什么都看到了。”

“他——”我突然语塞。

“段桥依！”说曹操，曹操到。林川北不知何时已出现在我身后。

“你看，人家可追来了。”桃儿一手拉着“钟汉良”的胳膊，一手对着林川北打招呼，“帅哥，刚才跳得不错哦！”

“谢谢，我叫林川北，你好。”他自我介绍着，而桃儿瞬间合上了她的门牙，惊恐地望着我。

“她叫骆桃，我的合伙人。”我替他们互相介绍，“他叫林川北，我高中同学。”

我的心扑腾跳着，特别担心桃儿会张口说出什么话。我扯着桃儿的衣服，好让她闭嘴。

“段桥依刚才还跟我说起你呢。”桃儿张口了，我吓出一身冷汗，真想用瓶盖盖住她的嘴。

“哦？真的吗？”林川北还真敢扬着脸问，“她说我什么了？”

“她说你女朋友很漂亮！”

我对着“钟汉良”使眼色，让他把桃儿拖走。怎知道他长着明星的脸，领悟力还不如一个替身。

“亲爱的，”“钟汉良”总算明白我的意思了，不过这一开口我差点晕倒，“朋友还在等我们呢，我们先过去吧。”他对桃儿说。

“谁是你亲爱的！”桃儿一秒钟变身。

“可是你，”他指着胳膊上桃儿的手说，“你刚才不是说……”

“我说什么了？“桃儿步步逼近，“刚才是，现在不是了！我现在正式宣布你被甩了！”

那“钟汉良”听罢，一灰溜甩泪跑了。不过这情况我司空见惯了，桃儿这角儿，什么都有可能在她身上发生。

“这叫做翻脸不认人，”桃儿笑不露齿地回头说着，“就跟有了新欢忘了旧爱一样一样的！”

“最毒妇人心！”我躺在床上，对着正打着哈欠的桃儿说。

“你懂什么！”她说，“女人不狠，地位不稳。你不会没听过吧？”

“你以为后宫争宠啊！”我说，“还地位呢！”

“那就是，”她边脱衣服边说着，“女人不毒，上位没谱！”

“段桥依，我能单独跟你说几句话吗？”我还呆望着桃儿，心里想着这缺货还会使出什么样的毒舌头，林川北却突然转身对我问道。

我和他蹲在酒吧门口，已经是凌晨两点，可是酒吧外面却是人来人往，毫无深夜宁静的倾向。

“好久不见，”他先开口说话，“这两年过得好吗？”

“还行吧。”多么老掉牙的开场白。

“我听说你辞职以后自己开了工作室？”

“安恩告诉你的吧？”

“没有。”他说，看着路灯，“她不知道我们认识。”

“那你……”其实我想问：那你怎么会知道的？

“你腿上的伤好了吗？”

一年前，我练舞不小心折断小腿，在医院躺了半个月才出院，整整三个月医生不让我蹦跳，可憋死我了。可是他是怎么知道我学跳舞的，又是怎么知道我还折断过腿？

“早没事了。”我回答，“你……”

“我期间回国两次，”他说，“碰巧有一次是你也在医院，你的同学都在，我在门外就没有进去。还有一次，是在半年后，我在电影院门口看到了你和一个男的。”

“电影院？”我迅速在脑中翻阅记忆，我人生中总共也没看过几回电影，“你说的是情人节那天？”

“你没跟他解释？”桃儿裹着浴巾，洗得香喷喷的。

“还有必要吗？”我说。

“你就不问他情人节找你意欲何为？”

“拜托！只是‘看到’，看到就是偶遇的意思。”

“可是你和那男的究竟是什么关系？”她贴着我的脸问道，从我的位置倒是可以清晰地看到她的乳沟。

"用你管？大胸妹！"

其实那男的，姓黄，名牛。情人节那天，我一个人去看的电影。

第二天，我早早醒了，"奋斗！"我对着天花板举起手吼道。

桃儿翻了个身，继续睡着。我怎么可能轻易放过她，报复的机会来了。

"桃儿，"我从背后抱住她，"上班啦！"

"毛病。"她说，"还没到点儿呢！"

"你听过一句话吗？"我开始顺着她的腰往上摸，她无动于衷，"是只笨鸟还不先飞！"

"前面得加个主语，"她瞬间睁开眼，弄得我心惊一把，"你名字。"

我愤怒地盯着她，双手已经匍匐到她双峰的位置，"我是一只笨鸟。"

"不是，"她求饶了，"我们是一双笨鸟。"

"我呸！"我说，"看本姑娘等会儿证明自己的智慧，你就等着自己做一只孤独的笨鸟吧！"

这还是头一回我和桃儿这么早去工作室上班，在朝阳路与南京路交叉口有一家路边摊，这是我和桃儿每天上班最喜欢的地方。热腾腾的扬州小笼包、东北煎饺、秘制豆浆，组合成我俩的早餐。桃儿第一次拉我来这里的时候，我心里是万分排斥。在我的印象里，路边摊是最不干净的，而且鱼龙混杂，来这儿吃早餐的，什么样的人都有，俩小姑娘挤一堆大老爷们儿中间吃饭，别扭不别扭？我打死不来，我宁可花十块钱去 KFC 啃个鸡蛋汉堡。

既来之，则安之。与我印象反差的是，虽然鱼龙混杂，但是个个都很热情。一回生，两回熟，何况都在一条路上，以至于后来每回去，大家都争先恐后问我们创业的情况，还奔走相告帮忙拉过几回活儿呢，只不过后来都毁在我手上了。

“真是辛苦这一大家子人了！”我喝着豆浆，不由自主地感慨道。

“你终于良心发现了，”桃儿边吃边搭着我的话儿，她除了爱看漫画，还有一个爱好，就是爱吃小笼包，她说她特爱一咬就冒汁的感觉，这是什么怪癖好，我理解不了。“好好努力赎罪吧，都指望着你呢！”

“他们指望我干吗？”

“等着你在朝阳路上开个大公司呢，他们当后勤，每天给你送盒饭。”

“我一定不会辜负同志们的厚爱和期盼的！”

我说罢，她差点噎住。

桃儿一遍遍循环播放着张国荣的《当爱已成往事》，“往事不要再提，人生已多风雨……”

“行了，姑奶奶，”我说，“您能换下一首吗？”

“你腻啦？”她嬉皮笑脸地答道，“我这不是帮你治愈伤口吗？顺便督促你。”

“往事不要再提！”我脱口而出。

“看吧，有效果吧？”

“您高抬贵手饶了我吧，我这初稿马上要出炉了，您还是换首歌吧。”

“我电脑里只有这首歌，还是我昨晚刚下载的，特意为你准备的。”

“我感谢您，特谢谢您！咱不听歌了，成不？”

桃儿停止了播放，不过那循环了一早上的该死旋律却没有在我的脑子里停止，反而愈演愈烈。也正因为如此，我昨晚冥思苦想了一晚上的方案从我脑中愉快地跑题了。

“我饿了。”还没到 11 点，我已经感觉腹中空空如也。

“在你想清楚吃什么之前，我有义务对你普及一个知识。”桃儿拿着剪刀，把漫画书上的人物一张一张剪出来，这么超级无聊的事只有她能干得出来。

“什么知识？”

“你猜下，人在饱着的时候和饿着的时候，哪种情况思维更快？”

“当然是饱着的时候，吃饱了才有心思干活儿。”

“笨蛋都是这么想的！”她说，“据医学研究表明，人吃饱以后，会自然启动你的消化系统，血液流动啊什么的都去协助胃部消化了；而在人饿着的时候，人的血液则会流向大脑，思维运转加倍！”

我吃惊地听着她的传授。

“你自个儿编的吧，有啥取证没有？”

“有一回我没吃饭去考试，后来考到最高分，学校以为我作弊，当时我的班主任老师是这么跟校长解释的。”

“你考证过你的班主任老师么，也许他以前是个江湖术士什么的。”

“那次以后，一直到高考，每逢考试我都坚决不吃饭，包括在大学里，我都这样干，一直超常发挥。”

“我饿了。”她已经要把我带走了。

“相信我一次！”她卖萌似的看着我说，“让你的血液冲向大脑。”

“然后就脑出血了。”

中午，桃儿接到一个网上客户打来的电话出门了，只剩下饿得直发晕的我。整整两个小时，我在饿死的边缘与设计方案周旋，桃儿的偏门理论根本不奏效，我饿得死去活来，但是方案却毫无进展。就在我打算独自外出觅食时，安恩发来一条微信，老同学聚会让我速去。

赴宴地点在一家高级的西餐厅，想来大家毕业好几年都混得风生水起，怕是只有我还在苟延残喘地混日子。事实跟我预料得八九不离十，全班 36 人，聚会实到 22 人，其中硕士 8 人，海归 3 人，在读博士 2 人，自己开公司做老板的 4 人，剩下的不是外企高管，就是在国企吃皇粮，都步入中高产阶层。而除此之外，我感到更孤独的是，班里 11 位女生中，已经结婚的 6 人，离婚的 1 人，剩下均有归属，且感情稳定发展中，而我，连一场像模像样的恋爱都没谈过。

“班里的男生福利来啦！”沈冰绰号“沈大胆”，是我们系里出了名胆大，名副其实的女汉子。大一那会儿，系里评奖学金，但是要按照班里人数比例划分名额，最后别的班一评十几个，而我们班只有两个，大家都不服气，最后沈冰直接冲到系主任办公室理论，听说系主任当时就被气得脸发紫，最后硬是被她要回来八个名额。

“暗恋过桥依的男生在哪里？还不抓紧机会乘虚而入！”沈大胆口无遮拦地喊着，而我已经感觉脸色火辣非常，心里恨极了沈大胆。

“别说你们一个个没有暗恋过，当初可有人托我转交情书来着，再不站起来我可点名儿啦！”

“我说沈冰，”接话的是我们班的体委田驰，一米八的身高，人称“小刘翔”，“我们还想知道当年的情书怎么回事呢？怎么一直没回信儿了呢？”

“情书我可是未拆原装转交给了桥依，桥依可以作证啊。”沈冰继续说，“人家不回你，自然是看不上你呗。”

“我不是。”我突然打断他们的对话。

我和安恩坚守着我们的约定，拒绝和所有男孩谈情说爱，这也是其中一部分。

“那是什么？”有男生追问道。

我内心已经在抓狂，恨不能钻进墙缝中。

“是我们的约定。”安恩说，“段段只是在遵守我们的约定而已。”

“什么约定？终身不嫁？”田驰接着问。

“大学不恋爱族。”

这听起来，确实是一个奇葩的约定。

“不过现在有效期结束了，喜欢段段的就挨个扑上来吧！”安恩继续说。

听安恩这么一说，我竟然胆怯地后撤了两步。

“等下！”田驰敲击着酒瓶高喊道，“吃完饭，我们去唱歌怎么样？我请客！”

大家都欢呼雀跃表示支持，而我满脑子都还在构思设计图，还有一个礼拜就到了交初稿的时间，真是越想越心烦。我准备给桃儿发条微信时，刚巧收到她先给我发来的微信：亲爱的，咱又有一笔大单啦！

我心里开心，但脸上笑不出来。难道到嘴的熟鸭子就这么被我放飞了？无论如何，是死是活，这礼拜之前我一定会交给陈云枫一套完美的设计方案！

我回她微信：拿下！

我深吸一口气，心想着：不成功便成仁，老娘拼了！

“等等，”安恩说，“今天是我喊大家来的，其实是我有事情要向大家宣布。”

“安恩你不会是宣布你要结婚了吧？”沈冰说。

“谁这么大能耐把咱班花整到手了？喊出来让大伙儿见见呗！大家说是不是？”大家起哄着，要求安恩把林川北喊来唱歌。

“什么？”桃儿比我还惊恐，“还有三个月就结婚？”

“我都不吃惊，你慌张什么？”

“我总有一种不祥的预感，”她继续说，“他俩这婚肯定结不成。”

“你个乌鸦嘴！狗嘴吐不出象牙来。”我鄙视她。

“我哪来的两张嘴。”

喧闹的 KTV 包厢，大家五音不全地唱着《最炫民族风》。

“‘刘翔’刚才对我说，”沈冰跑过来对我和安恩说，“既然誓言无效了，他准备东山再起，对桥依发起猛烈攻势！”

接着沈冰就跟我们八卦着田驰大学时候追女孩的糗事。说着说着，没注意田驰已经在她背后。

“别听她胡说，”他打断沈冰，“我那都是英雄救美。”

“我看你偷鸡不成蚀把米。”沈冰反驳。

“那天下雨，我在图书馆门口遇到她，她没带伞，我就把自己的伞给她。”

“我怎么听说是你毛遂自荐要送人姑娘，人家特不愿意，你硬是给自己撑面子，才把伞给她，后来自己病了一个礼拜没来上课。”沈冰不只是沈大胆，还是沈大娘，学校里什么稀奇古怪的事她好像都知道。

“桥依，”他突然喊我名字，我回过神儿，“嗯”一声答应了他，“可以给我一次机会吗？”

第一次有男生如此直白，而且还是当着这么多人的面儿问我这样的话，我的脸顿时火热，一时语塞，不知如何作答。

“听你说，”桃儿蹲厕所翻着漫画书，隔着厕所门跟我说话，“这小刘翔是个高富帅？”

“要不我做个红娘介绍给您？”我说。

“君子不夺人所好，我不稀罕。还是你自个儿留着玩吧。”

“我对他根本不来电，”我使劲敲厕所门，“姑奶奶你快点啊，我好像吃坏肚子了。”

“别催——大姨妈呢！”

周末，晴天，风和日丽。

我在抱着档案袋在写字楼下的咖啡厅坐着，一个小时过去了，陈云枫还没出现，电话打不通，我真想冲上他的办公室抽他！只可惜我不知道他公司在哪一层楼。

“段小姐。”我迷迷糊糊听到有人喊我名字，“不好意思让您久等了，刚才一直在开会。”

不好意思？我来的时候阳光明媚，现在太阳都下山了。

“这样吧，我请你吃饭，算做赔罪。”

纪伯伦说，他们认为我是疯子，因为我不懂得用光阴去争取更多的金钱；我认为他们是疯子，因为他们觉得我的光阴是可以被估价的。

“别啊。”桃儿跟我急眼说，“他请客你就去啊，人家是客户，是上帝，别把事给搅黄了！”

“我当然去了，”我说，“专挑贵的点。”

“花多少钱？”

“按理说，应该有好几百来着。”

“按理说是什么意思，敢情打折了？”

“他是餐厅的股东。”我说。

“陈先生，这是我们工作室给您设计的方案。”我把档案袋交给他，自个儿吃着，他在看着。

直到我吃到半饱，陈云枫锁着眉头看着方案，没动过筷子，一句话也没讲。我意识到事情不妙。

“陈先生，您是不是觉得哪里有不妥？”

他依旧紧锁眉头，保持沉默。

“您要是觉着哪里不合适我可以改。”

有那么一秒钟，我觉得他在故意报复我。

“太喜庆了。”他终于开口说话。

“您不是结婚用的婚房吗？”

“结婚？”他惊呆似的望着我，“我没有说要结婚啊！”

"那就是养小三用的！"桃儿吃葡萄不吐葡萄皮地说。

"可他不是离异了么，人家算单身吧，哪来的小三？"

"那就可能是备胎女友，"她说，"反正是用来包养小姑娘的！"

"总之人家不要太喜庆，但一定要温馨。"

"哦，看来还是个公主。"

早晨我和桃儿到梦想屋，但有一人提着行李箱比我先到了。

"我要加入你们。"田驰说道。

"田驰。"我吃惊不小，然后问他，"你这是要干吗？离家出走还是要流浪？"

"明知故问嘛！"桃儿却一脸欢喜地说，"人家是来投奔你的，或者说是近水楼台先得月。"

"段桥依，从今儿起我就是你们的一份子了！"他说，然后把行李搬进工作室内，"我要加入你们的工作室。"

"他这演哪出。"我对桃儿说，"放着好好的外企活儿不干，跑这儿来闹腾。"

"人家是来追求女神的。"她说。

"那他可有病了，"我说，"咱这工作室可没女神。"

"我怎么就听着你这话像是在骂人呢！"桃儿思索几秒后瞪着我说。

"我想好了，"他自个儿倒了杯水，边喝边说，"我不入股，你们也用不着给我开工资，我就拿业务提成和分红，怎么样？"

我和桃儿大眼瞪小眼，不知如何回答。

"放心吧。"他继续说，"从今儿起，我们仨就组成了 Big 3，We are the champions！"

“人家就是一志愿者，你还真好意思把他当免费义工使唤。”我对桃儿说。

“有区别吗？这你就不懂了吧。”桃儿说，“我这可是给他表现的机会呢！再说你一个人现在也忙不来。”

桃儿上回又接到一个单子，是一个商铺的室内装修设计。

“我觉得他比你靠谱，人家原来是外企主管，跳槽到咱麾下。”

“我说你这是准备倒戈相向了啊！”我说，“要不我退出，你俩干算了。”

“这主意不错。”

“我弄死你。”

“我歧视你。”安恩在电话里跟我说，“段小姐您这是金屋不藏娇，藏起汉子来啦？”

“他自个儿找上门来的，而且拖着家当，我总不能给人拒之门外吧？”我说。

“怎么着？这招儿就把您给俘虏了？”她说，“要我说，他应该把存款单拍你桌上。”

“这是哪儿跟哪儿了！”她可真能借题发挥。

“这是一石二鸟之计，一劳永逸啊！”她继续说，“你看哪，他明摆着是奔着你去的，你让他交存款，他要是没多少存款，自然就自感惭愧，遇难而退了，要是他底子还算厚，你也没必要自责了嘛！”

“说来说去，还是个损人不利己的招儿。”

“爱，就得牺牲。”她回我。

“虽然招儿是狠了点，但是出发点还是好的。”桃儿说。

“那我是个多么势利的人……”我说。

“你也是为他好，别把青春浪费在没有结果的事上，到头来，妞没捞着，钱花了不少，人财两空。”

“大家都是同学，回头传出去，名声该多不好。”

“亲爱的姑娘，你是更在乎一群无关紧要的人的看法，还是更愿意伤害一个人的一生？”桃儿一本正经地说着。

“有那么严重吗？”我的思想在被她同化。

“如果拖泥带水没准儿更严重。”她继续说，“不过等他先把这担活儿干了再说吧。”

中午我趴在桌上发呆，桃儿翘着二郎腿看着漫画，她前两天从二手书网站刚购回来。

“买新的也值不了几个钱啊，干啥非得买二手。”我亵渎似的说。

“你这就不明白了。”桃儿说，“这买卖二手书的人都是爱书之人。”

“然后呢？”

“这叫做转手收藏，行内文化，你不懂——让给有缘人。”

我已经习惯了她自圆其说的一套本领。

“你又把人支使哪儿去了？”我问桃儿，一大早就没见田驰人影。

“他去看商铺了。”她说。

“你还真打算引外援啊？”

“我这是资源整合，”她又说，“你别瞪我啊，有酬的啦，真以为我把他当免费义工了啊。”

“他也不差你那几分钱。”

“那是。”她说，“既然你这么说，要不等他活儿干完，我把他赶走？”

下午，我把在陈云枫家中拍的照片拷贝进电脑，一遍遍看着，盼着能突破思维，找点灵感。

“段小姐。”桃儿嬉皮笑脸地凑过来，“你这儿跟坐禅似的冥思苦想没用，不如……”

“又挨饿吗？你又想到什么损招？”

“咱去做 SPA 吧？”

“太奢侈了，没心情，不去。”

田驰给我打电话的时候，我和桃儿正躺在 SPA 会所里。

“这么高兴，说啥了？”桃儿见我乐呵的样子，问道。

“他设计的方案居然一次性被客户认可了。”

“那你跟着高兴个啥？”她反问我。

是啊，我不该高兴来着，我应该盼着田驰受挫，然后悄然离开才对。

“其实吧，”桃儿闭着眼睛，享受着她团购而来的 SPA 福利，“田驰长得也不比那什么北的差，身材还好，关键还是人才。这样的男人错过了可再难找了。”

“我算明白了。”我回她。活二十多年，还是头一回进 SPA 会所，不过确实蛮享受的，“你留人家是私欲。”

“段小姐，咱说话可得凭良心啊。”她说着，“你说待会儿咱照镜子会不会吓一跳？”

晚上，梦想屋第一次举行庆功宴。以前是两人，现在是仨，是个团队，搞庆功宴是必须的。田驰这么说。

“来，”田驰说，“为 Big 3 越走越远干杯！”

“干杯！”

“今天是梦想屋成立以来最值得纪念的日子。”桃儿握着啤酒瓶说，“我们走上了一个高峰。”

“对！今天是明天的绊脚石，不对，是垫脚石。”

“也不对，应该是跳板。”桃儿打断田驰的发言，“我们要飞向天空。”

桃儿直接蹦上了KTV包厢内的酒桌上。我真担心她那兴奋劲儿来了，不小心踩空……

“喔耶！向天空大声say hello。”

她果真踩空，好在眼疾手快的田驰接住了，否则就上演了乐极生悲的老梗剧情。

我们三人喝了一整箱百利啤酒，唱歌喊到喉咙冒烟才善罢甘休。

“这是我们重新设计的方案，您看看。”我说着，不过底气不足。桃儿紧跟着替我补充道，“陈先生，您要是觉着哪里不满意，我们可以再修改。”

我跟桃儿屏气凝神地望着陈云枫的表情。

“挺好的。”他说，可是脸上没露出丝毫喜悦。

我最厌烦这心口不一的表达方式了，明明自个儿心里不喜欢，耷拉着脸，而嘴上却说着喜欢。

“挺喜欢？”桃儿反问了一遍。

“嗯。”他说，“挺温馨的，只不过这样的设计会不会拥挤一点，我怕阳光进不来。”

“瞧他这话说得真够狠的。”我气愤地跟桃儿说，“这是明目张胆的嘲讽。”

“可是人说得也在理啊，”桃儿说，“温馨并不是简单的拥挤，温馨是包容，是博爱，听听，多有哲理。”

“你闭嘴！”

“为什么我爱你，先生？”桃儿说着，田驰坐在她背后，我看着他俩，“因为，风从不要求小草回答，为什么他经过时，她就得不动摇。”

桃儿双手托腮望着车窗外，继续说着：“因为他知道，而你，你不知道，我们不知道，我们有这样的智慧，也就够了。”

从我的角度看她的侧脸，好像是一个温柔多情的少女在期盼幸福来敲门。

“段小姐，接龙。”她突然回头对我说。

这是狄金森先生的一首爱情诗，《为什么我爱你，先生》。

“闪电，从不询问眼睛，为什么，他经过时，她要闭上。因为，他知道，她说不出，有些道理，难以言传，而对的人能会意。”田驰接过话茬儿，然后最后对我说，“最后一段——Please。”

“先生，正如日出使我不能自已，仅仅因为他是日出，而被我看见了，所以同理——我爱你。”我说罢，仨人鼓掌共鸣。

“田驰同学。”桃儿对着田驰说，“咱来聊聊你潜伏在我们宝地的目的吧？”

“和你们一样啊！”他不假思索便回答，“自个儿做老板，给自己打工。”

这一问一答基本上是终结了之前的所有设想。

“我不信。”桃儿说。

“我也不信。”田驰也说，“我更享受能和俩美女朝夕相处。”

“少来，麻溜招来，坦白从宽。”桃儿不依不饶，“就你这司马昭之心。”

田驰从椅子上站起来，开始一本正经地说，“我在网上看到了你们工作室的资料。”

“然后呢？”桃儿问，而我就像个局外人。

“上头挂着你的照片。”田驰继续说。

“啥玩意儿！我的照片？”桃儿反问，然后凶狠地瞪我。

“桃儿小姐，淑女。”我说。

“姓段的，回去好好收拾你！”

一瞪一收之间，我们已经交换了对话。

“然后呢？”我接下去问。

“你们人气很高啊！”田驰接着说，“你们的工作室在网络上关注度很高，而且业务量比得上一个中小型规模的公司了。”

听着，我给了桃儿一个大大的赞。

“可某些人就是不珍惜啊。”桃儿对我放冷枪。

“所以我觉得你们工作室很有发展空间，”他说，“而且你们需要一个有市场经验的帮手。”

“别毛遂自夸了，然后呢？”桃儿追问道，显然她没注意她混搭了成语。

“咱这工作室跟一般的不一样，”田驰继续分析，“别的工作室都是比拼的资金、人脉，还有团队，这些咱都比不过，我们的核心竞争力是跟他们拼人气，也就是粉丝。”

田驰在屋里踱步，慢条斯理地说着，干咳了两声。

“段小姐，伺候着。”桃儿记着我的两宗罪，对我使唤道。

我给田驰泡了杯茶，给桃儿倒了杯白开水，然后给自己冲了杯咖啡。

“这是一种新的营销模式，《小时代》就是最成功的范例。”田驰端着杯子，看着热气，嫌烫没喝又放在了桌上。

“人家小四儿粉丝好几千万哪！”桃儿紧接着说。

“别跑偏。我这就打一比方，咱跟他也不是同一行业。换句话来说，咱的，不对，是你俩的粉丝，他们就是我们工作室的潜在客户，也是咱未来发展的忠实客户群。”

“依你的战略眼光，我们现在的首要任务就是培养粉丝，然后再挖掘潜在客户？”

“Bingo!”田驰打了一响指，“不过这只是其一。我们还要提高我们的服务质量。”

“服务——质量？”我和桃儿异口同声地问。

“我先喝口水。”他吹了吹杯口，然后吞了两口茶，自个儿插了句，“话多了容易缺氧。”

而我和桃儿都竖着耳朵，虽然似懂非懂，却洗耳恭听着。

“现在任何行业最后比拼的都是服务质量，这是市场竞争的必然结果，服务质量决定未来发展。”田驰继续有条不紊地层层剖析着。

“请问田老师，何为服务质量？”我插话问道。

“段同学提问得好。”他说，“所谓的服务质量，简单地说，就是客户对我们的满意程度，打个比方，客户对我们的方案提出建议，我们就得无条件修改，一次、两次、三次，甚至五六七八次，这都能忍，还得笑着，你别不耐烦，不愿意改，自恃清高似的，你要是客户你愉快吗？即使最后完成合作，那也是一次不愉快的合作，也是最后一次。”

“那不就损失一个客户而已嘛。”我说。

“错！大错特错！”他竖起手指说道，“客户就是市场，你损失一个客户也就是毁灭了咱的一部分市场。你想想啊，咱这市场空间就这么大，回头都被咱东一榔头西一棒槌给得罪了，谁还跟你合作啊？”

“此处有掌声。”桃儿拍掌说道，其实她乐呵的是田驰意外地骂到我头上。

“你可以认为客户他不懂你的设计，而且很多客户确实都是外行，但是外行人有外行人的观点，你保留你专业的看法，但你也得接受他们的想法，这就是你和客户之间的沟通问题了。”

“可我要不想跟他沟通呢？”我说。

“那你这不只是毁灭市场了，而是把市场拱手让人。”

“那怎么才能培养粉丝呢？”桃儿又问，“发裸照？讲段子？”

“低俗！你那是钓色狼。”他说着，茶已经喝完，我又给“老师”泡了杯，“要智慧与美貌齐驱。”

“可要是胸大无脑咋办？”我端来泡好的茶杯，然后看着桃儿说。

“美貌是表面的，智慧那是内涵，我们得从里到外拉拢粉丝、聚敛人气。”田驰说。

“具体怎么做呢？”桃儿问。

“自主宣传啊！”他紧跟着回答，“微博、网站、微信等等，我的地盘我做主，懂了吗？”

我和桃儿若有所悟、似懂非懂地点了点头。

“人家原来是外企企划主管，市场经验比咱丰富多了去了。”桃儿自言自语地说，“以后咱俩就是股东，他就是咱聘用的 CEO。”

“你给人家劳务费了没啊？”我指的是上回田驰做成的那项商铺设计的活儿。

“早给啦！上回庆功宴上我就把钱给他了。”

“多少钱？”

“百分之二十的提成。”

“少了点吧。”

“段小姐。”桃儿说，“您指望谁给你交房租呢？咱工作室租金，房租，每天的吃喝，就算化妆品免了，那一个月还有俩大姨妈要伺候呢，您算过没有啊？咱还得把咱的那份往里贴。”

听桃儿这么一说，我顿时想把田驰那百分之二十给要回来。

“不过幸福一定会来敲门的，明天会更好。”

她这回没看漫画，而是又看了一遍威尔史密斯主演的电影《当幸福来敲门》。

我绞尽脑汁还是想不出更适合陈云枫想象中的设计方案，所以把最后一点希望寄在田驰身上。

“创意不错。”田驰看过我的方案，品头论足道，“只可惜……”

真不知道这说话停一下的习惯都是跟谁学的，我特恨人有这毛病。

“咱能麻溜点儿一次性讲完，不磨叽吗？”

“服务质量。”田驰厉声对着我说，把我心头冒上来的火焰直接扑灭了，“端正态度。”

“表面看上去充分利用了空间，实际上却是一种浪费，好像在刻意制造小宇宙，”他一边说着，一边注意着我的反应，“还记得咱大学那会儿老头常挂嘴边的那句话吗？”

我用鄙视的眼神回敬他，人家是被学校返聘来任教的老教授，被他这么称呼。

“任何设计如果没有理念的支撑都是多余。”

我真觉得，按照老教授的理念，怕是这世界上只有简约风格才是永恒的设计。不过纵观全世界的奢侈品牌、高端产品的设计，大都是走这样的路线，实有几分道理。

“你这太多累赘了，”田驰说，“看着第一感觉就是在刻意渲染，让人反感。”

批评的词儿听着总会让叫人心里拔凉拔凉的，倒不是因为自卑，而是因为尽心付出却被否定，一种失落感。

“人家说得很中肯，你得虚心接受，好好学习才是。”桃儿对我说，而我正帮她换着药。

“臣妾自当不负皇恩。”

“平身吧。”

她下午去超市，半路被人跟踪，在上超市电梯的时候摔了一跤。

“你得罪什么人了？”

桃儿低头不说话。

“宝贝。”我说，“无论发生了什么都要告诉我，咱们是一对。”

第二天，桃儿因为受伤就在家里歇着，田驰在梦想屋坐班，而我独自去见了陈云枫——给他我的第三次修改方案。

我在地铁上时候，他给我发了一条短信，他碰巧就在小区附近开会，让我去他的空房子里等他。

“孤男寡女在一间空房子？”桃儿电话里跟我说，“他想要干吗？”

跟桃儿打电话的时候，我已经在陈云枫的空房子里了。

“你能不想得这么龌龊吗？”我说，“人就是想实地参照考察下。”

我说这话的时候，脑子却闪过一个邪恶的画面：陈云枫持着匕首把我逼到一个角落。

“段小姐，你就自己给自己撑胆儿吧。”

看着陈云枫豪华的复式楼层，不禁想起我和桃儿当初许下的宏伟目标：我们要让梦想屋发展壮大，赚很多很多钱，搬进属于自个儿的房子，不必奢华，但要够宽敞。

刚想到这儿，桃儿给我发来一条微信：我把地址发给田驰了，他随时待命！

又等了一个多小时，陈云枫才出现。

“对不起。”

“理解。”我佯装满脸笑容打断他的致歉，同时谨记着“服务质量”四个字，“这是我修改好的方案。”

我递给他档案袋。

而这次他却很快扫过了设计图。

“段小姐。”他这样称呼我，“您知道我离过三次婚吗？”

我不知所答，似是而非地点了点头。

“你们是不是以为我装修这房子是给我结婚用的呢？”

我摇摇头，按照我和桃儿的推理——他这应该是用作包养小妞用的。

“它是有一个女主人，也是唯一一个。”他继续说。

“嘛玩意儿？是他妈！”桃儿自己拆着膏药，不让我碰，怕我使坏弄疼她，“可是资料上不是写着他女友吗？”

“那会儿人家是有女朋友，”我说，“回头姑娘不愿意跟老太太住一块就掰了。”

“我看她是故意找茬儿把人抛弃了。”桃儿说，“不过还算个孝子。”

您要是这么回事早点跟我说啊，我每天每天鞠躬尽瘁，回头居然是牛头不对马嘴，您故意跟我玩呢吧？我的整个设计核心围绕“甜蜜”、“时尚”、“温馨”等元素，陈云枫这么突然一剪子，不是闹着玩么，到头来还说我设计不行，我找谁说理去！

“你先别急。”陈云枫说，“新的方案我看了，很好，就这么搞。”

我愣住，将信将疑地看着他。

“我说的是真的。”他继续说，“我妈刚退休不久，我爸去世得早，她心里都压着呢，一直打不开心结，要是突然换个这样的新鲜环境，让她转移注意力，没准儿会有变化。”

“那您确定她会喜欢这样的风格吗？”

“她一定会喜欢的。”他说，笑着，“我相信。”

“他为他妈妈买了这复式楼房？”桃儿咬着牙撕着创口贴说。

“是啊。”我说，“还额外贷款了 20 万。”

“20 万比起那层楼的钱算小的了，人家分分钟能赚回来的事。”

陈云枫按着我的设计图仔细比对着房子，从客厅、厨房，再到窗台，他又提了几个意见，不过都是些小细节，稍微改动便可。我心里庆幸着，总算摆平了！

“走吧，我请你吃饭。”陈云枫说，“算是庆祝我们合作成功。”

“还是我请吧！”我说，我得坚定守好“服务质量”最后一岗，“就当是回馈客户。”

他选了市中心一家川菜馆，正合我意。其实我烦透了那些刀叉西餐，我更喜欢地道的中国菜，五花八门的菜品、各种色香味。

“看来你俩度过了一个很愉快的夜晚。”十分钟后，桃儿终于撕掉她腿上的创口贴，满心欢喜时，又被自己的指甲不小心挠了一下。

“活该。”我猖狂而幸灾乐祸地说，“我们吃完饭就各回各家、各找各妈去了。”

“啊？”桃儿说，“人家回家是真找妈，你是找我当妈啊！”

她真不该在自己半残的时候还想着占我便宜，我把准备给她换的创口贴直接堵了她的嘴。

跟陈云枫吃完饭，买单的时候，我才发现我没带钱，浑身上下就一张地铁卡。

颜面尽失。我们在餐馆门口告辞，我告诉陈云枫这里离我住的小区不远，只有两站地——而实际上，至少要走一个小时才能到家。

没办法，家里躺着一个瘸子，我只有独自沿着街道徒步回去。

路边的灯光忽明忽暗，我踩着地面上自己忽大忽小的影子往前行进着。

每个人都有无助、疲惫和退缩的时候，再难的时候就算世界是反的，总还有一个或两个人站在自己的背后——我们的父母，比一切都牢固，永远保护着你，而我，背后只有一阵荒凉。

“段桥依。”在小超市门口，撞见了田驰，“怎么了？失魂落魄的。”

不知何时，不争气的眼泪竟跑出了眼眶。

“没什么。”我想我能忍住的，可怎么就没忍住。

眼泪连成了串儿往外流。

每个人都有一个不能说的秘密，不是吗？

田驰陪我在路边蹲着，直到月光掩盖掉忽明忽暗的灯光。

“我听桃儿说你的方案被客户通过了。”过了好一会儿，田驰才开口说话。

我点点头。

“那咱是不是得庆祝下，这可是个大单。你这次可是咱工作室的大功臣。”

又庆祝？我一听这词儿就想起那晚仨人在KTV疯掉的情景。

“放心啦！”田驰站起身，伸出手，“这回不唱歌不喝酒。”

“那你俩干吗去了？”桃儿说，“看电影，散步，还是放烟花？”

“内衣秀。”我说。

“啊？”桃儿的反应跟我当时听到后一样。

“是的，内衣秀。”田驰告诉我，那会儿我们已经在出租车上，“你以前没看过吧？”

有什么好看的。自家里有现成的，我的意思是，桃儿演，我看。

“是不是男人都爱这个？”我问他。

“你错了。”他说着。我已经无数次从他口中听到“错”这字儿，而且都是针对我和桃儿。

“女人比男人更多。”他继续说。

就这样，我半信半疑跟着去了。

“什么？都是姑娘？”桃儿从洗手间出来，惊讶地说着，然后站到体重秤上测了下体重，“都是吃饱撑着的吧。”

“而且妞们都还特疯狂。”我回答她。

T 台下面除了几个男摄影师，黑压压地站着一片一片的姑娘。

“男观众说到底也就是好色。”田驰说。

“那她们呢？”我诧异地打断他的话问。

“也是贪色。”他继续说，“不同的是——她们更希望把这种色运用在自己身上，让别人来贪，而在成功移植它之前，她们就得先贪，效仿。”

“他怎么什么都知道的啊！”桃儿一脸愁苦地从体重秤上下来，说着，“大爷的，怎么会增重两公斤。”

不作死就不会死，你说你每天吃膨化食品能不膨胀吗？

现场是维多利亚的秘密品牌内衣秀。说真的，那各式各样的内衣被 T 台上的模特穿着，来回一秀，我哈喇子都快掉一地了。

“走，走啊！”田驰拉着我挤出观众群，“敢情你还看上瘾了。”

“不是你说的嘛，要效仿，得贪色。”

“你这已经是色迷心窍了。”他说。我跟着他进入到后台化妆间。

“他怎么还能带你去后台？”桃儿吃惊地问，“那可是后宫的地儿，除了皇上，一般人谁能进？”

“太监。”我说。

“我妹妹在这儿工作。”田驰说。

“化妆师？”

“模特。”他鄙视我一眼，然后接着说，“兼化妆师。”

“你说的庆祝就是——来这儿见你妹妹。”

“答对一半，”他回答我，“一会儿我妹妹来，我让你过过瘾。”

“什么瘾？”

“你不是学跳舞的吗？”

“可跟这有什么关系？”

“有关系。”他说，“你们都是为 T 台而生。”

在我和田驰僵持之际，一位妙龄女郎带着甜美笑容开门进来。

“哥。”她说。

她便是田驰的妹妹——田甜。

田驰不由分说地把田甜拉到一边，窃窃私语。然后两人串通好，半强迫地帮我化起妆来。

“他俩说啥了？”桃儿问我。

“田甜本该下一轮上场，可人家说要让我体验一回。”我回她。

“我觉得田驰是醉翁之意不在酒。”

“哥，你还杵这儿干什么，出去！”田甜对田驰斥道，“人家要换衣服。”

我换上田甜上场的衣服，让我感动羞愧的是——我比她要小两号。

“不行，空的。”我低着头看着自己，说，“田甜，要不还是你上吧，我这指不定会砸场子。”

“不怕！”她说，然后往我这里面塞了两层垫。

这样一来我更心虚和慌张了——可奇怪的是，当我真正迈上 T 台的瞬间，我却突然忘记了慌张，也许是因为一个梦，但更多的——或许是因为思念，对我的妈妈。

“给！短信，田驰的。”桃儿从枕头递给我的手机。

我伸出手去接，她却读出了短信：“段桥依同学，你身材不错哦。田甜说你可以兼职模特了。晚安。”

“末了还附带了一笑脸。”桃儿读完，趴枕头上大笑。

她偷看隐私换来的后果是，我及时把她踹下了床。

“段小姐，身材不错喔！”第二天，仨人一碰面，桃儿一开口便说。

“你也蛮好。”田驰回她。

这一问一答立刻止住了桃儿的哈哈大笑。

“昨晚趁阁下大意时，无意拍了几张照片，然后分享到朋友圈。”我笑眯眯地说。

“我怎么没有看到？”桃儿不信，说道。

“你还没看到我拍你照片呢！”我回答她。

桃儿在测体重时，多好的拍照时机，而且还是全身照，一条短裤和一件 T 恤。

“你俩可以凑一组合。”田驰说了第二句话，“中国好身材之闺蜜组合。”

“你闭嘴！”我和桃儿一并冲他斥道。

下午，我把陈云枫要修改的一些细节改妥，然后看着美剧。桃儿埋头捣鼓着网站微博之类的，而田驰一直紧皱着眉头，真不知道他在思考些什么才会有如此痛苦的表情。

“你不给人家陈云枫送去最终确认终稿吗？”桃儿头也不回地问我。

“人家说不用了。”我回答她。

我修改完成后给陈云枫发过一条短信，想约时间见面最终定稿，不过他过了半个小时才回我三字：不用了。然后我又追问，希望他能抽个时间来签字画押，他回：好。

“咱接下来有什么活儿？”田驰突然开口说道，我还以为他能一个下午不说话呢。

“啊？”桃儿没注意听，问道。

“不是歇两天吗？”我说。

“最近是有几个找上门来的，不过都是小活儿，吃力不讨好，又累还不赚钱，所以都没接。”桃儿回答道。

“我有个活儿。”田驰说着，然后露出一脸喜悦之情——看着挺贱的。

“什么好事让你乐得不成人样。”桃儿关掉网页，毒舌道。

“比赛！”田驰答。

按照田驰的分析，参加电视台举办的第五届“Best Designer”设计大赛，借助电视台及媒体的宣传，从而提升工作室知名度。

“Best Designer”是一档真人竞技秀节目，在行内颇具影响力及厚实的口碑，参与比赛的选手大都是一流的设计人才，其中不乏一些大师级人物，一般人望尘莫及。“Best Designer”的冠军得主不仅会得到百万奖金，还会被公派到巴黎设计学院深造，同时还会预先获得一份极具诱惑的 offer。

在如此重磅的奖励刺激下，自然让比赛炙手可热，报名参赛的选手更是数不胜数。

“一流大师？你俩凑一块也拼不过啊！”桃儿说。

“我不参加，是你俩去。”田驰说。

接着田驰又讲解了他的思路。冠军咱就别指望了，我们参赛的目的就是借助节目的宣传及影响力把工作室推销出去，当然方式还是他在背后做军师，我和桃儿在前面冲锋陷阵。

“咱俩？这海选就得给涮了吧！”我暂停美剧，然后说道。

“段小姐，您妄自菲薄我不管，别拖着我成不？”桃儿说。

“可是姑娘，我就一半成品，而你还是一赝品，咱拿什么跟人比啊！”

“打住，亲爱的。”桃儿竖起手掌说，“我虽然不会设计，但是我可以当花瓶。”

“Bingo！答对了！”田驰紧跟着说，“不用怕，你们身后有一个专业的资深军师。”

田驰打的主意是，首先以组合名义参赛博得关注，然后走“智慧与美貌”并驱的路线，一个负责美貌，一个是智慧女神，获得群众认可和支持，引来舆论话题，也就是自我炒作，最后实现推广工作室的目的。

“这能行吗？”我听田驰说着，像是在听一部电影大纲似的。

“不能行也得这么干，”他说，“我们总得试一下，不是吗？”

“我赞成。”桃儿举手同意田驰的观点，“2比1——就这么愉快地决定了，参赛！”

“你们报名参加Best Designer比赛了？”安恩吃惊地望着我说。

“您打住，别试图打击我，我不会放弃的。”我打断她，在她说出泄气的话之前，我先表明自己强硬的立场，免得被她的三言两语打击后当了叛徒。

“去吧！我支持你。”她要了杯蓝山，然后说，“我会替你收尸的。”

第二天下午，我们的经纪人田驰先生携我们的组合代表桃儿去电视台报名去了，而我在梦想屋等着陈云枫来签字。

出人意料的是，我才看了半集美剧的时间，陈云枫竟然提前到了。不过我并不欣慰，因为我要被迫暂停剑拔弩张的剧情。

我把最后的定稿给他过目，然后告诉他要是没有问题的话就在最后一页上签个字。

我递给他一支笔，而他却持笔停下来。

“您还有什么问题吗？”我很有礼貌地问道，吐字有些结巴，这节骨眼可别再给我出什么岔子了啊！我心里祈祷着。

“我想，回头楼层装修的话……”

“您放心，”我迅速反应作答，“我们会协助您全程跟踪的。”

我想我深刻贯彻了本工作室 CEO 提出的“服务质量”的理念。

“这样就好，谢谢你们了。”陈云枫松口气后说。

我想我刚才是太多紧张，只求着他能赶紧把字签了，所以才那样回答。

“剩下的款项我明天转到你们账户。”他签完字，然后说。

“不急的。”我说，“还是等到装修完成吧。”

“可装修不在咱们的业务范围啊！”桃儿说着，拿给我两根烤串。

“我们只是帮忙监工而已。”我接过烤串说，又问她，“这是什么肉？”

“羊肉，将就吃吧。”她回我，又说，“不过我们确实应该送佛送到西，人家毕竟付了双倍的价钱。”

看着陈云枫签好字，我心头总算松口气。

期间，田驰在微信讨论组突然发来一消息：想下你俩组合叫什么名字。

“今晚有空吗？”陈云枫突然问我，而我想着田驰的问题没及时反应过来。

“我想请你们工作室所有人吃个饭。”他继续说，“我知道装修不在我们的合作范围内，所以想找个机会好好感谢你们。”

“可今天就我一个人在这儿，要不改天吧，”我对陈云枫说，“而且应该我们请——放心，我下次一定记得带钱。”

“那就等到装修完工。”他回我，“一言为定。”

“他这是居心叵测。”田驰打了个喷嚏说，被辣椒粉熏的，“三天两头、三番五次找借口请客吃饭，就是想套近乎，谁知道他装着什么心。”

“来蘸点醋吃。”桃儿拿着醋瓶往田驰的培根上洒着。

“谁给取的这组合名字？”我打岔道，“为什么叫樱桃帮？”

“我也觉得特土。”桃儿跟着说。

“你们看哪。”田驰吞了两口啤酒后说，“咱是仨人，三人成帮对不对？樱桃呢，晶莹红润、色泽诱惑，就跟你俩的美貌似的，谁不想咬一口——关键的是‘樱’和‘依’字还谐音，这组合名字跟你俩简直就是绝配，非一般人能想出来！”

“好好！为不一般的人干杯！”桃儿给田驰换了瓶啤酒。

“而且我就是那‘帮’。”田驰又补充说。

路边烧烤摊，啤酒和烤串的味弥漫着。

“樱桃帮——干杯！”我们仨人大声笑着、各干掉一整瓶啤酒。

真希望永远都像此刻。

“我要是他，我真得好好考虑要不要趁人之危。”安恩说，“而且还一次性俩个都喝醉了。”

“我们还能纯洁地聊天不？你一个待字闺中的人怎么了，净盼着咱这孤家寡人的作奸犯科是吧！”

“你这是思想守旧。”她说，“没看过最新的统计吗？”

“什么统计？”

“性伴侣。”她放低声音说道，“法国人平均性伴侣有 11.2 个。”

“那是外国。”我插话道，“不对啊，你去法国留学，这么关注这事，不会……”

“Stop！”她继续说，“这就说的是法国土著，法国人谈恋爱，就得上床，那就是义务。”

“就是嘛！咱新中国不能跟家资本主义国家相比较。”我说。

“那你知道咱新中国现在的人均性伴侣多少个吗？”她问我，我摇头，她竖起三根手指。

“三个？”我吃惊地答道。

“吃惊了吧！吃惊就暴露了你的守旧思想。”她说，“虽然现在看上去和法国人还差好几倍，不过泱泱大国，用不了几年，这数据就得翻一番。”

“那样的话跟原始社会有什么区别。”至少我不能接受这样的社会。

“现在不都在提倡低碳生活、生态环境么，社会发展的最终方向就是要回归原始！”

相比较桃儿的“自圆其说”，安恩总能有理有据去证明自己的观点。

“听你说得热情洋溢的，难道你已经偷吃了禁果？”我半开玩笑似的问她。

我说罢，安恩脸上顿时起了一阵红晕，而我也瞬间知道了答案。

“他也是第一次，”安恩说，“我们折腾了好久。”

“也就是说——你的闺蜜和你的初恋上床了呗。”桃儿对我说。

“这很正常，他们还有两个月就结婚了。”我反驳桃儿说，“你别这么说，与我无关。”

“一点不心疼了？”桃儿看着我问。

“你就没害臊么。”我对安恩说，而有那么一瞬间，我心如刀割，不过只是一瞬，心疼的感觉很快消失，就像阴暗的天空突然转晴。尽管我不知为何。

“不疼吗？”我继续问她。

“有点，不过没传说中的那么恐怖。”她回我，脸上的红晕更明显了，“就觉得心脏一直跳啊跳，紧张死我了。”

“干杯！”我举起饮料杯对安恩说，“恭喜你从少女变成了少妇。”

“恭喜你，段小姐。”桃儿从冰箱里拿出一瓶不知猴年马月的红酒，上面的标签都没了。

我困惑地望着她，不知何意。

“那一瞬间的心如刀割便是最后一刀。”她说，给了我个杯子，“祝贺你新生。”

桃儿说得对。挨过这最后一刀，一切烟消云散，看不到回忆的乌云，只有从今以后的一片晴朗。

每段感情都有一个结局，而这就是我和林川北最初故事的结局。

“我们拿什么参加海选呢？”我问桃儿和田驰。

急不可耐要去参加比赛的是他俩，回头最着急、最担心的人却成了我。

“我们的粉丝突破了一千人耶！”桃儿欢呼雀跃地从椅子上蹦起来宣布。

“老板。”田驰一脸淡定地说，“才一千而已。”

“一千个粉丝还不算多啊？”

“我自个儿的粉丝都不止一千了好吧？”

“那要多少才算多？”桃儿追问着。

她和田驰又开启一问一答的模式。

“少说也要有一百万吧。”

“一百万？”桃儿惊讶地喊道，“哪儿弄这么多粉丝！”

他俩来回问答着，没人注意到我的提问。

“你还别不信。”田驰说，“想坐拥百万粉丝吗？”

“废话！当然想、必须想。”桃儿说，“你有什么办法？还是有地下渠道？”

“山人自有妙计，不过前提是，”田驰说，“你们得无条件听我的。”

田驰看过桃儿和我，而桃儿盯着我看。

别把我掺合进去，这是你俩的事。我狠狠回瞪桃儿，传达我的言下之意。

“成交！”桃儿却一把拉起我的手举起，“一切为了 money。”

下午，我去陈云枫的房子当监工。我到的时候装修师傅们已经开工，屋里头水泥、油漆，各种味道不说，还有电钻之类的噪音。我真担心自己会在这里七窍流血而死。

好在领班的师傅给我了一顶建工帽，可以避免掉落的油漆水泥之类打在身上。

“小姑娘，刚买的新房准备结婚啊？”师傅对我说。

“啊？不是，您误会了，这房子不是我的。”我回应他的话。

“没关系。结婚之前让他在房产权上写上你的名字就行了。”师傅又说，“现在有了新婚姻法，这都得注意着点儿。”

“师傅不是您想的那回事，”我笑着解释说，“这房子真不是我的，它的主人是我一客户，我跟他就是简单的雇佣关系。”

“哦，原来是这样，真不好意思。”他说，停顿会儿又说，“不过能买得起这样复式楼层的人肯定是个有钱人。”

一直到黄昏装修师傅下班，我浑身的器官才慢慢恢复正常。

陈云枫来得可真巧，装修工刚走他便出现，而且还对着我露出冷笑。

“你戴着工帽的样子，”陈云枫憋着笑说，“太逗了。”

我这才注意到自己忘了摘下工帽，糗大了。

“我觉得他是故意的。”我对桃儿说，“凭什么人家师傅刚撤他就回来了。”

“谁让你多管闲事的。”桃儿说，“继续受着吧。”

是啊，他好过了，回头我帮他监工忍受着聒噪之声，而他还在旁边嘲笑。

“他会不会聊天啊！”桃儿边吃着樱桃说，“用词儿都不会，说什么太逗，应该说可爱！”

“你不是不吃樱桃的吗？”我说，“说看着像小番茄来着。”

“我现在特觉得樱桃亲切。”她说，“樱桃帮，fighting！”

“神经病。”

我开始有点后悔。这装修起来少说也要一个月，我得每天来饱受这种聒噪之苦。

现在想想，陈云枫的钱花得可真值。

“辛苦你了，”陈云枫说，“让你受委屈了。”

“不会。”我说，“既然答应了就不反悔。”

“可以再帮我一个忙吗？”陈云枫又说。

“您说。”我回答她，“我尽力而为。”

陈云枫入股的那家餐厅最近要重新装修，他想继续和我们的工作室合作，拟定一套设计方案。

“我总有一种感觉。”桃儿说着，我疑惑看着她，“陈云枫是在有意靠近你。”

“我也有一种什么感觉。”我回应她。

“你有什么感觉？”桃儿不屑地问我。

“你和田驰有戏。”我回她，“你俩最近走得很近，而且在彼此靠近。”

“段姑娘，拜托，您哪只眼睛看到我和他走近了？”桃儿吐出嘴中樱桃说。

“当局者迷，旁观者清。”我说。

“走吧，”陈云枫说，“我带你去看看，顺便吃个便饭。”

“可我没带相机。”我想去，毕竟又是一担生意，但我不想现在这个邋遢样子就过去。

“是想换衣服吧。”他揭穿我的本意。

“所以他就给你买了这套衣服。”桃儿指着我身上的衣服说。

“才不是。”我回她的话，然后换下衣服，“这是他买给前女友的，后来掰了，衣服也就没送出去。”

“段姑娘，这话你也信啊！”她从床边捞过去我脱下的衣服。

“怎么不信？”我说，“别看了，标签早被撕了。”

“那就是个幌子，我觉得这就是给你买的。”桃儿说。

“你想啊，他要是告诉你，这衣服就是他买给你的，你还会要吗？”桃儿继续解释。

“他没给我，我也没要，这衣服我洗好晾干还得还人家。”我说着，把衣服拿过来，放进了洗衣桶里。

“小姐，别天真了。”桃儿又说，“陈云枫这就是在泡你。”

“这么老的招儿你还看不出来吗？”桃儿又解释，“这一来一回，洗洗送送的，马上就好上了。”

陈云枫去车库一趟，回来提着一个袋子。

“先换上这个吧。”他说，“干净的，我在楼下等你。”

没有退路，只得先换上。

我下楼时，陈云枫的车已经停在楼下。

路上稍有些堵车。这是我在安定市这么久，头一回感觉到堵车这么回事。我是地铁一族，但是要是把两者相比较，倒也不相伯仲。

等我们到达餐厅的时候，已经爆满，没有余席。尽管餐厅的门外已经挂着标识，“即日起停业装修”，可丝毫没有影响到消费者的选择。

“这才是忠实用户，铁杆粉丝。”我对桃儿说，而她已经闭上眼准备入睡。

“然后呢？你想说什么？”桃儿回我，声音低沉。

“我有个想法。”我说。

“别想了，赶紧睡觉吧！”桃儿翻个身不再理我，睡了过去。

我跟着陈云枫穿过大厅进入到里面一间宽敞的包厢。

我说，“咱就俩人吃饭就不用进包厢了吧，太浪费。”

“可不止两人。”他说。

我当然感到诧异，他至少应该提前跟我打个招呼吧。

“放心吧，也不是什么外人。”他看出我的不快，说，“带你认识下这家餐厅的另外几个股东。”

“合作可不是我一人能决定的是，得大家一致同意才行。你现在是我们的合作伙伴，出席这次饭局是迟早的事情。”陈云枫又继续说。

“怎么了？”我走走停停，他回头问我，“抱歉没有事先告诉你，我以为你对这样的场合很熟悉呢。要不我们换个地方？”

“没事，就是有一点怕生。”我回答他。就算他这是临场故意将我一军，我也得硬着头皮往上冲。我可不能倒在人民币面前。

我跟在他身后进了包厢，里面坐着四五个人，其中有一位女士，看着贵气范儿的打扮就知道出身不俗。我是不是应该庆幸也换了件像样儿的衣服呢？我心里想着。

“我给大家介绍下。”陈云枫说，“这就是我跟大家提过的，她叫段桥依，梦想屋设计工作室的创办人。”

“之一。”我补充他的话道。

在一片欢迎掌声中，陈云枫又领我认识了在场的每个人，但也只限于用名字介绍，而非XX老板之类的。这点让我有点出乎意料。

而最后到了那位女士面前，我等陈云枫介绍。

“这是马苏。”陈云枫介绍道，“和演员的名字一样，不过此马苏要胜过彼马苏……”

“我胜哪儿了？”马苏问道。

“你比她美。”马苏旁边的一位先生代替陈云枫答道，而我只听着介绍却没真正记住人名儿。不过看他和马苏靠得很近，亲密的关系可见一斑。

“我也这么觉得。”说实话，我并非阿谀奉承，而是我看她的第一眼就这么觉得。似冷又暖的气质，高贵而亲和，清新脱俗，还让人莫名感觉到一股傲娇的劲儿。

在大家满堂欢笑声中，开始了晚餐。

我喝了两杯啤酒然后就没再喝，而总是偷瞄着马苏，总感觉她身上有一股神奇的劲儿在吸引着我，而我更好奇她和她旁边那位先生的关系。

我敢肯定他们不是夫妻。尽管他们年龄相仿，也看着般配。

“段小姐。”马苏身旁的男人突然喊我，惊得我一跳，我差点以为他发现了我在偷窥他俩呢。

“我们都看过你给陈哥设计的楼层图，我们都非常肯定你和你的工作室，而且既然有陈哥这层关系，我们也放心，毕竟都是熟人了，所以预祝我们合作顺利。”他说道。

喔，他是餐厅的老板，也是最大股东。

“来！我们一起干杯！”马苏跟着说道。

“怎么了？还闷闷不乐的？”陈云枫边开着车边问我，而此时已经深夜。

“还在为我先斩后奏生气吗？”

“没有。”我说，“可能是要困了吧。”

陈云枫没再说话，而我有好几次都想开口问他：马苏和餐厅老板什么关系。

但直到最后我下车，我也没好意思问出口。

“你昨天怎么没跟我说？”早晨起来，我跟桃儿说了这事，她刷着牙从卫生间里跑出来。

而我刚从床上慢慢起来。

“讲到一半，你倒头就睡了。”我坐在床上挠着头发，感觉好痒。

“谁让你那么晚回来啊！”她说，喷着泡沫，“打你电话也不接，我差点报警了。”

“手机没电啦。”我回她，然后下床，“我要去把头发剪了，越短越好，我恨死长头发。”

“我早提醒过你。”桃儿说着，又去了卫生间，关上门。

桃儿是短发，短发有短发的好。比如睡觉的时候，她经常压到我的头发，而我有时稍不注意一个翻身就得疼醒，还要牺牲几根头发。

“我去！”田驰说，“我去谈价钱。”

田驰反应得突然，我和桃儿错愕地看着他。

“你们姑娘家的去谈价钱容易被杀价，而且你们对市场行情也不熟，对吧？”他接着说。

早晨，我们仨人在商量着餐厅设计的报价，田驰突然拍案而起。

“我看啊，把你急成这样儿的根本不是人民币的问题，”桃儿对田驰说着，“你是怕人家近水楼台先得月吧。”

桃儿说着，而我却笑着。我知道桃儿指的是田驰和我，不过我压根不担心，桃儿是当局者，而我已从局内跳出来成了局外人，事实上就是这样，他俩正在靠近彼此。

正如此时，田驰在干瞪眼看着桃儿。

“这种人你们就该远离，怎么还越走越近。”田驰又说。

正合他意，下午他独自去了餐厅。只是他不知道，等待他的不是陈云枫，而是餐厅的老板。

“你还笑，你真笑得出来。”安恩一边挑选着衣服，一边说着，“你这种人最缺德。”

“真不怨我，”我说，“这不是你说的么，爱就得牺牲，他还没牺牲呢。”

“你不做红娘就算了，还在里面插科打诨。”她把刚试过的一套衣服扔给我，而我双手已经捧了一堆衣服，“他要是跟那老板打起来怎么办？”

“不会的，人家是有素质的。”我说。

“你就这么肯定吗？”她又挑了一条裙子，“男人有钱就变坏，他的腰应该不会细吧。”

“我见过，”我回她，“而且人家还有一个女神级。”

我停顿下来，安恩转头看着我，“女神级什么？”

“就是人家有女神了。”我补充说。

“还有，”她继续问我，“你怎么知道田驰就一定喜欢骆桃呢？”

“这么跟你说吧。”我描述给她听。

原来只有我和桃儿的时候，我俩的办公桌是对齐两边放的，后来田驰来了，本就不大的空间还要省出一个办公的地儿，所以仨人只能错开坐了，桃儿坐前面靠门，田驰坐在中间，但是是靠另一边，而我坐在最后，跟桃儿对齐。

“所以从我的角度能清楚看到他俩的一举一动。”我总结似的说，“田驰一个上午能偷看桃儿 58 次。”

“你还高兴！”安恩说，“本来追求你的人现在移情别恋了，你就一点不难过？”

“我难过啥，”我说，“我听他俩每天斗嘴开心着呢。”

“只怕是，”她换好裙子出来，对着镜子照了照，“郎有情妾无意哦！”

“就买这套吧！”我说。

田驰果真第二天下午单枪匹马去了餐厅。

“桃子小姐。”我把椅子挪到桃儿身边，媚笑着说。

“别犯贱，说！”桃儿目不转睛地盯着微博看。

“你喜欢什么样的男人？”我问她。

“拒绝回答，下一个！”桃儿刷了一遍网页，愁眉不展地说，“粉丝数怎么上不去了啊！”

“田驰不是说他搞定吗？”

“你还真指望这家伙，”她生气地关掉网页，“他自己的粉丝也没多少，而且到现在也没看到他有什么动静。”

“我觉得他特靠谱。”我反驳她，“你前几天还不是说人家有才吗？”

“有吗？”她自我反问道，“我怎么不记得了。”

“你就装吧！”我摸了摸她的短发，“看来我真的也得去剪个短发。”

“你有毛病了？”桃儿皱着眉对我说，“你哪根筋忘了搭还是搭错了，怎么今天怪怪的。”

“有吗？”我反问她说，“我只是觉得丘比特可能更喜欢短发的女生。”

“我还没见过你的小伙伴呢，要不改天你约她一起出来，我们认识认识。”安恩说着。她买了两条那裙子。

“你干吗买两件一样的，”我不解问道，“换个颜色也好。”

“当然还有一件是送给我亲爱的妞啦。”安恩说着，挽起我的胳膊，“我要说给你买，你肯定不试，所以我就替你做主了。”

“可这也太贵了吧？”

“那得看送给谁穿了，送给妞你呢，一点不贵。”我们一起走出店门，她说着。

“我看我还是回头来退了，没准儿还能折回原价。”我说。

“你敢！”

“好啊！”桃儿说，“我也想见见她呢！”

“我已经能预见我未来被你俩挤兑的情景了。”我说着，仰天长叹一声。

下午我真的去理发，留桃儿一人坐班。

“你还真去剪啊！”桃儿怀疑地说，“回头人家会以为我俩变态。”

这是什么逻辑？

“你看哪。”她说，“咱俩凑一对，你长发飘逸，我短发端庄，别人顶多以为我俩是‘蕾丝’。”

“什么！”我惊叫道。

“物业大妈已经好几回拐弯抹角地跟我问这事了。”

“现在的大妈都这么时髦吗？”

“你急眼什么，受委屈的是我好不。”桃儿急着说，“现在可好，你这把头发一剪，两个短发女，人家还指不定怎么想。”

“能说什么，顶多说俩伪娘同居呗。”我转身便走，我誓死要剪短，而不管桃儿在身后喊：

“你敢去剪我就去剃——光——头！”

“美女我可真剪啦？”理发的是一个年轻小伙儿，我真想不明白为什么都找一些小伙儿做理发师。

怎么说，感觉自己的头发被一个陌生男人拖来抓去很不情愿、很不乐意。

我点点头，默认。

“留多短？”他问我，然后两只手放在我的耳边。

“露颈吧。”

“还不算短。”他说，“昨天有一女的来要剪圆寸。”

我笑笑，心底希望他赶紧剪，别再把我脑袋瓜动来动去。

看着头发狂乱而下，我闭上眼睛，毕竟陪我很多年，突然心生感伤。

我突然想到原先工作地方的那个无耻老板说过的一句话，“你们都会走，公司是我的，只有我会陪到最后，你们都会一个一个离开。”当然，他当时说这话的言外之意是：公司不是员工的，没有员工会全心全意为公司服务。但是我却鬼使神差地翻译出一个道理：我们最后珍惜的只有那独属于自己的东西。这句话算是我跟这无耻老板拼死拼活换来的最有价值的东西了。

“心疼啦？”小伙儿理发师看到镜子里的我说，“留几年了？”

“八年。”我回他。

“那应该换个新造型了。”他说，“其实我挺佩服你的，能八年都保持一种发型，你看我们，一个礼拜不换发型就睡不着。”

我看着镜子中的自己。

“是啊。”我说，“是应该尝试点新鲜的东西。”

“这就对了，”他又端我的头，我不明白为什么每个理发师都喜欢端人头，“反正头发还会长的嘛，旧的不去新的不来。”

后来桃儿告诉我，理发师在做学徒的时候就是用塑胶模特代替真人的脑袋，所以后来就都习惯了。说穿了就是，我们的脑袋在理发师眼里就是一个塑胶模特的头，可以端来端去。

“好了！”他取走围布，“怎么样，还满意吗？”

我看着镜中的自己，陌生又熟悉的感觉。

“你知道吗？”他又说，“短发女人更有气质。”

“是接地气儿的意思吗？”我随口反问他道。

我洗好头，吹干发，准备离去。

我却在门口撞见了林川北，我低头走着，而他却立刻认出了我。

“段桥依？”他说，语气由疑问变肯定。

“就这样结束了？”晚上回家，桃儿在算账，我在网上下载着素材，她抬头问我。

“那还要怎样？”我回她，“对了，田驰谈得怎么样？”

“先说你的事。”桃儿干脆合上账本，“就没聊别的，不会就这么各回各家了吧？”

“说了。”我说。

“恭喜你呀，”我对林川北说，“预祝你结婚快乐。”

“谢谢。”他说，“安恩她全都跟你说了？”

我点点头。

“咱俩，”他停停顿顿说着，“我想和你谈谈。”

“不能！”我的第一反应回答道。

我知道他在犹豫什么，因为心里纠结的不止他一个人，我也是。

我们之间本就没什么，既然如此，又何必再提。

“从现在起，我俩就算重新认识了。”我说。

“可是，”林川北说，“参加婚礼的有我们高中同学，而且我们也没必要隐瞒什么。”

是的，光明磊落便可。

“你这话就不对！”桃儿说，“纸包不住火，回头人家安恩要是知道了或者发现了怎么办？你们到时候就算没什么，人家会信吗？没什么干吗不痛痛快快承认，对不对？”

“你的担心完全多余。”桃儿急眼说，“又不是要你跟她承认你和林川北曾经有一段懵懂的初恋。退一万步讲，别说你俩那还不算真正的恋爱，就算真正谈过，又能怎样？人家姑娘法国留学的主儿，这点思想觉悟没有？”

桃儿之意，我的顾虑是庸人自扰。

“可现在要怎么说出口？”我说。

“还就得现在说。”桃儿跟着说道，“这事越拖越说不清。你俩就说回头才发现原来两人是高中同学，好巧喔！这不就完事了么！”

“可让谁说呢？”我又问。

“一起说，又不是什么见不得人的事。”林川北说，而听他说完这句话的时候，我却莫名脸红起来。

“你还是老样子。”他看我，补充一句。

“他就没对你的短发予以置评吗？”桃儿松一口气，又追问我。

“我讲完了，”我不理会，转而问她说，“快说说你和田驰下午干吗了。”

“我们能干吗？”桃儿抬高语调回我，“他去谈合同到下班时间才回来。”

“结果呢？”

“我看他是疯了。”桃儿说，“他给别人报价高出市场一倍多！”

“他这哪里是去谈生意的，分明是拆我台去的！”我一听便气上心头，“还能不能愉快地合作了！”

“我的反应跟你一样，所以劈头盖脸骂了他一顿。可他说，这是市场营销策略。”桃儿语调由高变低、抑扬顿挫地说。

“这就不是策略，就是个阴谋。两块钱的矿泉水你卖人家五块钱，当谁傻呢？”我咬牙切齿地说，“明儿我找他算账去！”

“你不能这样想，这是思维狭隘，”田驰镇定自若地解释说，“这是一种市场手段。不信你问骆桃，她学过。”

我看过骆桃，她点点头又摇摇头。

按田驰的解释，价格也是撬开市场的一种手段，市场定价并非就是最后的成交价。对于一个刚刚起步的小公司，如果一开始就按部就班地跟着现有的市场行情走，很快就会被淘汰，根本没有崭露头角的机会。

“我把价格抬高人家才会正眼瞧我们，一个小小的工作室凭什么狮子大开口。”田驰说，“他们多少会往这方面思考。”

“所以说你这是自己找死。”我说，“死无全尸。”

“此言差矣。”田驰翘起二郎腿说，“我只是铤而走险。不仅如此，我们还要强硬态度，绝不为五斗米折腰。”

“可咱没那实力啊！”桃儿开口说道，“总得性价比相当吧。一分钱的货卖了一百块，人家会告咱诈骗的。”

“第一，价格降易升难，客户跟你谈的首先就是你的价格，他们一定会杀价，无论你开多少，而我们只能守价，一旦失守，以后再想涨价比登天还难，利润线就会直线下滑。”他一本正经地说着，“第二，骆桃说得对，说到底咱还得有这实力才行。”

“当你的能力还不足以撑起你的野心的时候，请静下心来好好学习。”我读着一条微博说着。

“有没有这实力谁说的都不算。”他自我陈述道，“咱只要证明自己就成，参加这次比赛就是一个好机会。”

田驰说着，绕来绕去、不经意间已经切换掉话题。

下午我果真接到陈云枫兴师问罪的电话。他在电话里含蓄地表达了我们要价太高的问题。田驰盯着我接电话，而我更是不甘示弱。如果眼神能杀死人，我想我已经把他千刀万剐了。

“还铤而走险，根本就是自觅死路！”我挂断电话，愤愤不平地瞪着田驰说。

“回头你就跟陈云枫说，上次去谈合同的家伙已经被我们解雇了。”桃儿转过身来说道。

“您可别，这缓兵之计没准儿就让咱死无葬身之地了。”田驰从椅子上站起来说道，“而且这算什么，把脸蛋儿往人冷屁股上贴么，给人的感觉就是咱少了这单活儿就活不了似的。”

“那你说怎么办？”桃儿问他，“你的那套市场理论根本不奏效。”

“现在下结论还过早。”田驰回她，然后看着我说，“桥依你不是还要帮陈云枫监工装修吗？”

“可那跟这事有半毛钱关系？你又想出什么辙？”我说道。

“他还会再找你谈的。”田驰说。

“找我谈？我也不好意思开口啊。坚持双倍价格么，人家一定觉得我们唯利是图，而且我们还有百分之七十的钱没到账呢。要是突然打对折吧，人家又会觉得咱太随便、不正规不靠谱。”

进退两难。

“放心吧。”田驰说，“一切尽在本军师的掌握之中。”

周末，夜。

明亮的灯光直射到餐桌上光泽鲜亮的餐具表面，反着光。

安恩一对坐在一侧，而我们仨坐在对面。

“这么巧啊！”田驰先开口说，“你俩还是高中同学。”

也只有他和安恩不知道真实情况。

“那上回碰面你俩就没认出来。”安恩一边说着，一边点着菜品。

“女大十八变。”林川北说，“过去七八年了不敢肯定。”

“我以前也碰到过一回，”桃儿也跟着说，“有一回在地铁里，有个背着包的男的冲到我面前喊我名字，硬说是我初中同学，我没一点印象，回去一翻毕业照才明白，原来还真有这么一人，而且当时是我们班的学委。”

“您不是没认出来，您压根是个脸盲！”我接着桃儿的话茬儿讲道。

她确实有脸盲症。她看韩剧从来分不清主角儿，她一直坚定地认为都教授和李敏镐是同一人，不仅如此，物业处的几个大妈，她到现在都分不清。唯有她的漫画，她能准确分辨出每个人物。

“姑娘，我至少分得清左右，不会迷路。”桃儿反驳我。

女生方向感较差是公认的好吧。从进化论的角度上解释，在原始社会时期，男人承担着狩猎的责任，经常要外出狩猎，靠谱的方向感必不可少；而女人则不太需要，她们很少出门，主要从事着室内劳动。

“你俩都是脑子欠的。”田驰蹦出一句话。

“骆桃你要喝点什么？”安恩跳过我问骆桃。

“你喊我桃儿就成。”桃儿说，“来一杯苹果汁吧。”

“我也喜欢喝这个。”安恩说，“低卡路里。”

安恩在上面打了三个勾，然后便把菜单给了服务员。很显然我的喜欢与否已经无效，少数服从多数。

“来，致我们终将逝去的青春。”林川北说着，举起盛满柠檬汁的杯子，“干杯！”

“青春是个短暂的美梦，但你醒来时，它早已消失得无影无踪。”桃儿朗诵似的说着莎士比亚的诗句。

“没有人会感觉到，青春正在消逝，但是任何人都能感觉到青春已经消逝。”安恩继续桃儿的文艺腔说。

“总会有那么一瞬，我们必须要承认，我们的青春已经不在。”林川北接过安恩的话，接龙似的说，“但是，如果青春不是一种生命阶段，而是一种精神状态，那么……”

他突然停住。

“那么有的人一生都在美好的时光中度过。”田驰最后补充道。

只有我没有发言。

其实，爱情——亦如此。我在心里说道。

“对了，你们的比赛准备得怎么样了？”安恩问道。

“还没谱呢！”我回她，“下礼拜就要海选了。”

“这东西最主要的还是靠创意，”田驰说，“能让评委眼前一亮的那种。”

“我听我爸说他有个同事的老公在电视台，要不要托托关系？”

“关键是东西拿不出来，托关系也没用，”田驰回安恩的话，“还是得有真材实料，不然即使通过海选，第二轮还是要被刷。”

“那你们到底是有没有这实力呢？”安恩问我们仨。

散席，深夜。

我和桃儿肩并肩走在回家的街道上。

应该是从她腿受伤之后，我总能发现她很多时候心不在焉的样子——就像现在。

“桃儿。”我和她说，我想问什么，可也不知从何问起，“是不是你妈妈有什么事了？”

“啊？”她惊了一下，回过神反问道，“你说什么？”

“亲爱的，你是不是发生什么事了？”

桃儿再次沉默。

“是不是你妈妈又出意外了？”

“没有，她好着呢。”桃儿回我，“我没事，好着呢，可能是大姨妈来了吧。”

可是她大姨妈前些天刚走。

这丫头片子心里肯定有事，心不在焉，连谎话都不会了。

沿着路灯，往前行着。

已经是午夜时刻，喧闹的城市开始沉寂下来，好像也只有这个时候，才能静下心来欣赏脚下的这座城市。

很久以来，我已经忘了我来自哪里，更不知道自己会去向哪里。直到后来的某天，安恩突然当着所有人的面指着我，“要我替你说出口吗？”我才想起被我深深遗忘的一切。她知道关于我的一切，我们曾是无话不谈的闺蜜。

但我为什么又留在这里。我回答不上来，也许我在这里待的时间久了，有了感情，我熟悉这座城市，而且这里有我最亲近的好朋友——安恩，而且现在还多了一个，我的桃儿。

“我不算啊？”田驰说，“你俩还真没良心。”

“你要做我们的闺蜜吗？”我回他，又说，“做闺蜜可不能转化为男朋友的哦！”

“这话该我说才对吧？”桃儿困惑地盯着我说道。

“那我还是算了吧。”田驰最后说。

城市很美，它属于每个人。

城市很美，却又不属于我。

我抬头望着路灯，突然觉得它好孤独，也许是因为它温暖着，而它的周围却冰冷黑暗。

“段小姐。”桃儿突然拉住我的手，“赶紧走啦！没看到这天儿要下雨了啊！”

桃儿就是这样，她会七十二变。

我刚低下头准备走，天空就飘来一声响雷，而紧接着，大雨哗哗而下。

桃儿拽着我的手在雨中狂奔，雨点打在身上到处都是。

多么美妙而又悲惨的夜晚。而在下一场大雨中，我回忆起今晚的场景，没有此刻狼狈的欢笑，只有我一个人，孤立在雨中，泪随雨下。

“桃子姑娘，”我说，“为什么我感冒了，你却没事。”

“段小姐。”桃儿给我端来热水，“你就是缺少运动，免疫力差。”

“可我也没见你怎么运动啊！”

“你闭嘴，吃药！”

我闭上嘴。看她怎么喂我药。

我觉得我病的正是时候。

“你俩海选的事怎么弄的啊？”我问桃儿，她下班回来，而我躺床上看着美剧。

“你俩内行人不搞，都推给我一不懂设计的人，”桃儿换了鞋，进卫生间，“你们让我去偷啊！”

“设计让他去啊，你想点子就成。”我对着卫生间喊。

一阵冲马桶的水声后，她从里面出来，然后说，“你们是不是都以为这创意就跟这冲马桶似的这么简单啊，说来就来啊，何况马桶有时还堵呢！“

她脱了牛仔裤，换上运动短裤，接着说，“正是皇帝不急太监急。”

“你不是点子多嘛。”我回她，“我们都笨。”

“你少往我脸上贴金，”她说，“我可没那本事。”

她直接趴到了床上，“累死我了。”

“你们干啥了累成这样？”

“他说，”她翻了个身，继续说，“要去大自然寻找灵感，说要释放自己的心灵，全身心放松才会蹦出创意。”

“然后你俩去大自然了。”

“去爬山了。”她说，“他说要体验一览众山小的感觉。”

“你俩去踏青了。”

“是的，”她说，“是践踏青春来着。”

“你的身子骨这么脆，一场雨就把你打败了。”安恩来我住的地方探望。

“我说你也好意思空手来，”我说，“我是病人耶！你总得拎着点什么吧。”

“俗！”她说，“给你吃啥也不管用，你就是欠的，该。”

安恩给我倒了杯热水，我又吞了两粒药片。而安恩一脸悲摧又无奈的表情看着我，是的，我打死不去医院。

“田驰开始采取攻势了？”安恩惊讶地问我。

“我觉得是。”我说，“不然他要去大自然，那可真不是找灵感去的，是谈情说爱的。”

“这男人的心就跟这天儿似的，瞬息万变。”安恩叹道。

“我呸！”我说，“田驰人家单身，真正的缘分出现了，也是命中注定。”

周三，我上班。

“老大，你可算来了。”田驰对我说。

“喊她老二，老大在这儿坐着呢。”桃儿打岔道。

“下午就要参赛了，”我说，“我想看看你怎么死的。”

“恐怕要让你失望了，”田驰说，然后从桌上拿出一份资料，“绝对通过海选。”

这是他设计的作品，封面是一个裸体女人躺在阳台边的浴缸内。

我和桃儿一并看着——

是一幅普通的二室一厅的室内设计，但不同的是，厨房、客厅、阳台连成一线，有欧美设计的影子，中国人讲究封闭式的厨房，一般单独隔开，但是田驰设计的作品中，厨房全开放式的，从物品搭配、摆设及色调上看，客厅与厨房是浑然一体的，有点像家庭酒吧的味道。而阳台变成了家庭酒吧之外的露天休憩场所，除了能摆放浴缸，还能容纳一张四方桌，单从这点来看，作品展现了不一样的空间理念，而且迎合了现代人追求自由、开放的思想。

另外，主卧、侧卧及卫生间在一侧，田驰特意扩大了卫生间的空间，但同时也占用了主卧及次卧的空间，为了不让房间显得狭小，同时看着匀称，田驰设计了壁橱以掩盖这一瑕疵。卫生间不够大是很多人抱怨的问题，也是不少房地产开发商头疼的问题之一。田驰的这一设计从视觉上改善了这一诟病，但也产生了一些后遗症。

我如是评价道。

“段桥依不错嘛！”田驰乐呵地说道，“分析得够透彻。”

“但是这主卧和次卧的问题怎么解决？”我追问他。

“这不是重点，”他回我，指着设计图说，“重点在这里——家庭酒吧。”

“瑕不掩瑜。”桃儿说，“没有十全十美的啦！”

“或者是换一种说法，瑕疵的问题是我故意设的悬念，目的是挑起评委们的兴趣。”他说。

“可问题是，你第二轮了怎么解决这个问题？”我问。

“到时候再说吧。”

下午，我们仨去参加海选。

现场人潮涌动，参赛者的作品亦是五花八门、各式各样，其中一个服装设计的女孩穿着自己设计的内衣来参赛，现场脱去外套，露出产品，引来观众一阵狂叫，当然作品确实不错，通过了。还有一名男士是搞“概念图”设计，他设计出 iPhone8 的手机外型，薄如蝉翼，很是酷炫，当评委问他，这么薄的手机怎么充电？他回，无线充电。

总之，有初出茅庐的大学生，也有资深的行家，都在尽心竭力地展现自己的作品和理念，无论成败，都赢得了掌声。

“这是一种尊重。”田驰说，“这就是这档节目和别的选秀节目不同的地方。”

轮到我们了。

主持人对着名单喊了一声，“樱桃帮。”

别人都是单枪匹马，唯独我和桃儿是一组合。

我负责演讲，桃儿负责演示 PPT。

五分钟的时间，在我和桃儿天衣无缝地配合下，顺利阐述完，而只是评委席鸦雀无声。

“段小姐，你感觉到我们要出局了吗？”

“桃子姑娘，既来之则安之。”我和桃儿在台上用着只有我俩明白的唇语交流着。

我们能看到田驰在观众席上亦是呆木紧张的表情。

“樱桃帮。”主评委先开口说，“两个小姑娘。”

“老师夸奖了，”桃儿回，“小姑娘那是十年前的事了。”

“在我们眼里是，”评委都是上了年纪的资深老师，“我说实话吧。”

“您说。”

“如果只看前几页的设计，我给你们满分，”主评委说，“但是越往后看，我心里的分值就越低。”

“是的，”另外一名女评委老师跟着说，“客厅及厨房的设计很有创意，理念也不错，但是看到卧室那里，就感觉一落千丈，作品的败笔之处。”

“给人的感觉就是，不是出自同一人之手。”主评委老师又说道，“又感觉是作者故意留下来的悬念。所以你们能给我们解释一下吗？”

“回各位老师，”桃儿说，“参赛比较仓促，所以就成了现在这样的半成品，一半是欧美 style，一半是中国 style。”

“我们是想把最好的作品留到第二轮呢，”我补充说道，“我们一定会让各位老师眼前一亮的。”

“你还笑！”桃儿凶田驰道，“差点就作死了！”

“特没安全感的说，”我跟着说，“我都不敢看老师！”

“劫后重生，必有后福。”田驰嬉皮笑脸地说。

“你看吧。”我说，“你这窟窿看你怎么补，第二轮我看你玩什么。”

“玩什么悬念哪！你以为拍电影呢你！”桃儿接着数落他。

“我说两位姑奶奶。”田驰回话，“你们就没看到点积极的东西吗？铤而走险的结果就是，评委们对你们有了期望值，你们已经引起评委老师们的注意了！”

“我们已经不敢信你了。”我和桃儿一并说道。

“姑娘，好几天不见你了。”装修师傅对我说道。

“前两天感冒来着，”我回他，然后看着基础装修已经基本完工，“师傅你们的速度好快。”

“那可不。”他说，“每天都有人来监工的，可比你严肃多了。”

“哦？”

“还挺神秘，戴着墨镜，看着特显范儿，”师傅说着，又借给我一顶帽子，“尤其是身上的香水味，我好几天都没忘，吃什么都觉得有那味。”

我嬉笑着说，“师傅，人家用的高档香水，都这样。”

下午休工期间，我去把衣服还给陈云枫。

“熨过了。”我说。

“这衣服我留着也没用，你还能穿穿。”他说。

“可太贵了。”我说，“你看看还是送给其他的朋友吧。”

“这么说——”他顿了顿，然后说，“咱俩现在还不是朋友？”

“那倒不是，”我笑着回，“要不这样吧，衣服我收了，回头我给你钱。”

“有朋友间赠礼物收钱的吗？我又不是倒买倒卖。”

“可这衣服太贵重了，不然我不要。”

“那好，”他说，“那你就请我吃顿大餐吧。”

“那，”我说，“监工那边？”

“装修怎么了？出问题了？”他惊讶道。

“没事。”我说，否认心里想说的：您有更合适的朋友干吗还要劳动我去监工啊！

可是他是我的客户，总不能堂而皇之抱怨或拒绝他。

“上次去谈合同的是你的同事？”陈云枫说道，这也是我此行的目的之一。

我点点头，说，“是的，他是我大学同学。”

接着我把事情的始末告诉了他，这是一次意外，我最后总结道。

“啥玩意儿，你俩下午去签下合同了？”我吃惊地问桃儿。

她正在洗澡，我推开门进去，我可不能眼睁睁看着煮熟的鸭子飞了。

她回我道，“你这是激动还是不信啊？”

我在陈云枫家监工的这几天，桃儿每天逼着田驰出方案。田驰不乐意，这违背了他的初衷，但还是出了一个初步方案。

“人家是非常满意，”桃儿说，“你要么出去，要么把门关上。”

我退两步准备关上卫生间的门，但又进来了，反关上门。

“你是准备看我洗澡呢还是准备一起洗。”桃儿拿着喷头对准我说。

“先看再洗。”我说，“快说人家到底怎么说的？”

“合同都签了，当然是非常满意了，”她回我，“包括装修指导在内——六万的价格，已经高出我们的预期了，虽然低于田驰的报价。”

“那他不是很没面子？”

“你错了，”桃儿递给我搓澡巾，“别闲着，给姐擦背。”

这价格还是他和餐厅老板谈的呢。桃儿说，“用他的理论解释就是，市场预期和实际成交价总存在落差。”

桃儿躺在浴缸中，而我现在就跟她女仆似的蹲在浴缸前给她擦着背，可我上当了。

桃儿趁我靠近时把我拽进了浴缸中。

“原来是这样，”陈云枫笑着说，“不过他的这套理论确实可以试一试。”

“那，”我说，然后问他，“我们还能不能愉快地合作了？”

“当然，”他回我，“那顿饭可不是白吃的。”

陈云枫说，价格可以谈，但是希望我们能提供一个有创意、合适可行的设计方案，凭作品论价。

“不仅如此，”桃儿帮我擦着背说，“我们谈了另一项合作。”

“什么合作？”我问道，接着说，“往下面一点，痒。”

“段小姐，要是现在进来个贼怎么办？”她跑题问我道。

而此时，我俩已经在浴缸里泡了一个小时。

一丝不挂，送给贼劫色的。

“不是。”桃儿说，“贼要是看咱一眼就走怎么办？”

“那还真告不了他劫色，人家又没逼你脱，”我说，“靠！白看了！”

“重点不在这儿呀！”桃儿停止给我擦背，“他对咱没有犯罪欲望。”

“材料我们都准备好了，”陈云枫对我说，“你们尽快出方案，餐厅已经开始拆卸了。”

“成，”我微笑着说，“那您上班去吧，我不打扰了。”

他离开座位，又回头说道，“对了，你刚才说的地方叫什么名儿来着。”

桃子姑娘，那贼不是瞎了眼就是个同性恋。

“你觉得有多少男人会喜欢泡芙小姐？”桃儿说，“人家泡芙小姐身上还要泡芙的奶香味呢，咱有什么，汗臭。”

我把鼻子贴着自己的皮肤表面闻了闻，然后又闻了闻桃儿，好像是少了点什么。

“段小姐。”桃儿说，我们面对面在浴缸中坐着，“你看看哪。咱呢，短发就不说，人家现在都流行‘待我长发及腰，土豪娶我可好’。”

“土豪？不错。”我应道。

“浑身上下一个首饰也没有，你不觉得咱作为女人是在裸奔吗？”

“有点。”

我从陈云枫公司离开，准备回家，给桃儿打电话。

“咱去吃麦当劳吧。”桃儿在电话里说，“你在麦当劳等我。”

桃儿的追求也就这样，好养活。

“你不都是答应请他吃饭了吗？”我把跟陈云枫谈的事说给了桃儿听，她发言道，“他还放你鸽子了？”

“不是今天啦！”我说，“但我总感觉怪怪的。”

“你感觉怪怪的就对了，”桃儿嚼着薯片说，“因为你感觉到了他在追你。”

我咬了一口派，然后说，“这太离谱了。”

“少吃甜的！”桃儿说着，“你看是不是这么回事，他给咱十万去设计一个楼层，尽管是复式的，可是他再有钱也不是傻子啊，这多了好几万呢。”

“他就是抛砖引玉，而且这砖还得能敲开门，确保万无一失，然后他就能顺理成章、顺其自然地接近你了，后来又送你那么贵的衣服，回头还给你接活儿，那剥削你这劳动力去免费给他看房的事就不说了。”

“为啥不能说？”我追问。

“那就是让未来的女主人提前熟悉未来的小窝啊！”桃儿说。

“不对啊。”

桃儿从浴缸中站起身，擦干着水，我忽然想起我们一直跑偏题。

“什么不对了？”桃儿反问道。

“你俩还跟人合作了什么？”

“净顾着说贼的事，把这茬儿给忘了。”桃儿换上衣服，然后继续说道，“接下来的比赛不是由观众投票嘛。”

“是的，观众投票晋级。”我肯定她。

“这餐厅可以拿来用作我们的粉丝根据地。”她接着说。

“根据地？”

桃儿的意思是，利用餐厅的爆满人气来拉票。当然，这是几天以后发生的事了。而且为了庆祝“起死回生”的这笔买卖，我们周末去了海边 BBQ。

我们从麦当劳出来，桃儿还打包了一份蔬菜卷。

“桃子姑娘。”我说，“你有没有觉得，也许你的命中注定已经在靠近？”

“段小姐。”桃儿啃着蔬菜卷回我，“你有没有发现，你已经开始爱上了你的命中注定？”

而后来我们才明白，没有谁是谁的命中注定，只有爱，命中注定。

阳光明媚，星巴克内，中午。

“妞。”安恩喝着手中的冰拿铁对我说，“我还能穿上你设计的婚纱不？”

“放心我不会让你光着身子结婚的。”我吸了一口卡布奇诺泡沫回她。

“您可真得抓紧，这得订做，可花不少时间呢！”

“慢工出细活，”我应她，“再说一般的你能看上不？”

“没事，”她说，“你也会有报应的那天的。”

她说罢，我听着差点没被这卡布奇诺的泡沫给噎死。

“怎样？军师。”我对田驰说，“想出点子没？”

“早就胜券在握。”他回应道，“但是……”

第二轮比赛除了完善第一轮通过海选的作品，还要现场随机抽取一道“命题作文”。

“是的哦，”桃儿说，“我俩在台上能应付得了吗？会不会怯场？可直播呢。”

“长别人志气，灭自己威风！”我嗤之以鼻道，“本姑娘不仅不怯场，而且还有台风，至于临场应变能力吧——咱俩脑袋瓜子还不够用的！”

“这还真说不准！”田驰说道。

一张贱嘴，找抽型。

“段小姐。”桃儿盯着电脑屏幕，惊叫道，“快过来。”

我们的账户收到七万块钱款，转入账户人是陈云枫。

“不是说监工完事了才付款的吗？”桃儿看着我说，“不会是你俩发生什么了吧？”

“你想什么呢！”我敲她脑门儿说，“也许是装修快结束了吧，人家就先支付余款了呗。”

桃儿半信半疑地看我，而我心里知道这离完工还有半个月呢。

但我也知道，他不需要我监工了，他有选择的。但让我记恨的是，既然如此，他也该通知我一声，免得我还傻傻地去浪费时间。

“陈先生，我们收到您的付款了。”我在电话里跟陈云枫说。

“我只是不习惯欠着，感觉永远有一件没做完的事一样。”他回我，又说，“你别喊我您了，朋友之间太生分了。”

“您是我们的客户，应该的，”我回他，又问，“那装修那边我就不去了吧？”

他停了几秒，然后说话，“好的，让一个女孩子每天遭这罪，确实不该。”

我挂断电话。

“他要这么说，说明他还没找到替补啊！”桃儿说。

“他这是放长线钓大鱼呢！”田驰一边翻看着一本《Western Classical Charm》一边说，“他就是按兵不动，给你挖好坑等你跳呢！”

“在你的眼里就没个靠谱的男人。”桃儿斥他，“不对！除了你自己！”

“我可没那么自私自利。”田驰放下手中的书，然后认真地说，

“桥依你想想啊，他在你生病期间明明就换人监工了，而他却只字不提，等你傻乎乎再去帮监工几天，然后又莫名其妙付完款，明摆着将你一军。”

“然后呢？”桃儿追问。

“阴谋！绝对的阴谋！”田驰继续说，“但是你已经输掉了，听说过一句话吗？”

想让一个人爱上你的最好的方法就是让他为你付出。

“你就是傻不啦叽付出的那个。”田驰最后总结说。

3 爱与孤独

自从我洗心革面、奋发图强后，就没有一天闲过。

好不容易手里头没事活儿了，却遇到最棘手的事——安恩的婚纱。

周末，介于桃儿和田驰顺利签下餐厅的单子，樱桃帮组合决定去海边 BBQ，以示庆祝。

“喊上安恩吧。”桃儿说，看着我。

“人家忙着结婚的事呢，别打扰人家。”我说。

事实上我说的实话，上回和安恩在星巴克她就抱怨忙得不可开交。

“我有种感觉——男人的直觉，”田驰在边上插话道，“那林川北看桥依的眼神很奇妙。”

“你拉倒吧你，你懂个屁。”桃儿斥他道，“净胡搅蛮缠。”

“我就这么一感觉。”他跟着说，“同是男人嘛，同类的习性我比你们明白。”

“那你说说他的眼神怎么奇妙了？”

“你，一会儿看我，一会儿看云。”田驰故作姿态地说，“你看我时很远，看云时很近。”

“有一种似近非远、爱恨纠缠的感觉。”田驰恢复正常语气说道。

海边，沙滩。

月色，柔和。

安恩和林川北比我和桃儿先到，他们带来了各种海鲜，我和桃儿准备了配料和一堆素食、薯片、可乐之类，而现在就等餐盒了。

“就跟她名儿一样，可甜可甜了。”我说。

“Cosplay girl？”安恩问。

“人家是专业模特，还是化妆师。”我应她。

在我和桃儿一再威逼利诱之下，田驰好不容易答应把他金屋藏娇的妹妹带来参加这次聚会。

一阵海风吹来，顿感一丝凉意。

“冷吗？”林川北问安恩道。

“还行。”安恩回道，“我出门前多穿了一层衣服。”

“可不带这样的。”桃儿说，“林川北你这可就欺负人了，还有俩姑娘冻着呢。”

“那是你自个儿作的，”我接桃儿话说，“我也不冷。”

田驰和田甜终于出现了。

而且大老远就发现，兄妹俩看似还穿着情侣装。

“你俩这是要乱伦吗？”我问道。

“可不是。”田驰说，“没男朋友还网购情侣装，吃饱撑的。”

“哥你可别不识货，”田甜接田驰话道，“这可是限量款，可贵着呢，给你穿便宜你了。”

“那谁让你没男朋友呢？”田驰反嘲道。

碳烤，篝火。

海风，海浪。

“我有个主意，咱该在这里安营扎寨——露营。”桃儿说道。

“好主意，”田驰说，“听风听海多好啊。”

“回头等你诗情画意的时候，一个海浪把你卷走。”安恩说。

“诗情画意，你们不觉得少了点什么吗？”田驰又说，“海上生明月，有佳人没美酒。这多悲惨啊！”

“确实有点，”林川北跟着说，“该我们准备的，我去买来。”

“我跟你去，很快回来。”安恩起身说。

铺好桌布，摆上餐具。

“桥依姐，”田甜突然拉着我的手说，“要不你帮我录个 MV 吧？”

“现在？在这儿？”我反问道。

“她就是玩个唱歌软件。”田驰解释道，“可是天这么黑你能看清么你。”

“哥你这就土了吧，”田甜说，“就现在这氛围和环境就特别适合我要录的歌。”

“写信告诉我，今天海是什么颜色，夜夜陪着你的海……”田甜轻声哼唱起来。

田甜不由分说地把我拉到一片空地儿。

“桥依姐，”她说道，“我哥是不是喜欢你？”

“有吗？”我反问她。

“有。”她继续说，“上次你们去内衣秀那次我就察觉到了。而且他还主动投怀送抱了不是么。”

我笑了笑。

“但是，”她又说，“最近我发现他变了。”

“哦？”

“我哥是不是移情别恋了？”她又问我。

我笑而不答。

“你别顾着笑啊。”田甜着急着说，“我还盼着你当我嫂子呢。”

“啊？”我惊讶地应道。

“放心吧，我站在你这边。”她说着，竖起食指笑了笑。

“你应该支持你哥心里喜欢的人，”我说，“你都知道你哥喜欢的人不是我了。”

“桥依姐，”她说，“还有人比你更好更合适的吗？”

我笑笑，看着不远处，田驰和桃儿并列坐着望着海平面。

我帮田甜录完一首歌的时候，林川北跟安恩刚好回来。

“别拍了。”安恩说，“小心一会儿冒出个鬼来！”

夜，娇嗔着。

啤酒，海鲜。笑声，风声。

“多美的夜晚呀。”桃儿躺在我怀里数着星星说道。

“海天一色，天涯共此时。”安恩握着半瓶易拉罐啤酒，嗅着鼻子说道。

“你们不想说点什么吗？”桃儿仰着头，笑看我，“比如表白，现在可是天赐良机呀。”

“是啊。”田甜接着话说，然后盯着她哥，“天为证，海为媒，山盟海誓。”

“你干吗瞪我看！”田驰一脸羞涩地回田甜。

“哥。”田甜说，“你不说我说啦。”

好在田驰够敏捷，捂住她的嘴，而桃儿则在一旁乐呵不停。

“别听她胡闹！”田驰说道。

“咱来玩真心话大冒险吧！”桃儿跟着田甜闹，有不死之心，“同意举手。”

田甜四脚朝天，安恩举手赞成，而我的手早已被桃儿举在半空中。

“好！”桃儿宣布说，“四比二，过！”

游戏很简单，只用一把叉子。

第一个被转到的人是安恩，并由坐对面的发问。

“你俩第一次 kiss 在什么时候，什么地方？”田甜发问道。

“去年情人节的中午，在学校，我宿舍楼下。”安恩回道。

“对吗？”田甜反过来又问林川北。

“不对，”他说道，“那是第二次，第一次在图书馆门口。”

“喝酒，喝酒。”

安恩被罚酒。

第二个被转到的人是田驰，坐他对面的刚好是桃儿。

“哈哈。”桃儿先大笑两声，然后问，“你有喜欢的人吗？”

田驰愣了一下，然后说，“我还是喝酒好了！”

“不准喝！”田甜夺取啤酒，“首轮必须答！”

“我靠！”田驰跟着说，然后又停顿下来，“我没有。”

“你撒谎。”桃儿脱口而出，“你不真诚！罚酒！”

“双倍！”田甜补充道。

“你吃里扒外！”田驰愤愤地喝掉两瓶易拉罐。

第三轮转到的是林川北，而坐他对面的是我。

我一时哑口，无从问起。

“哎呀，这都不会问。”桃儿挤掉我，“我来！你谈过几次恋爱？”

“一次吧。”林川北答。

“也就是说安恩是你的初恋了？”田甜凑热闹跟着追问。

“暗恋也算在内。”桃儿补充问道。

林川北语塞。

“你俩这是违反规则，剥夺我游戏的自主权，”我说道，“罚酒！”

桃儿和田甜被罚酒，而我自己开口问。

“那你……”

“不是！如果时光倒回，你会对你曾经暗恋的对象说什么？”桃儿抢嘴道。

“同意问这个吗？”林川北说，“不同意她就得被罚酒，被你征用的话，你就不能再问了。”

“算啦算啦，就回答这个吧。”田甜说，“赶紧说完进下一轮，我得逼某人说真话呢！”

夜，娇嗔而傲娇。

墨色海边，深邃而宁静。

“我曾经爱过你，”林川北望着海平面安静地说。

“爱情，

也许在我的心灵里还没有完全消失，

但愿它不会再去打扰你，

我也不想再使你难过悲伤。

我曾经默默无语地、毫无指望地爱过你，

我既忍着羞怯，又忍受着妒忌的折磨；

我曾经那样真诚，那样温柔的爱过你；

但愿上帝保佑你，另一个人也会像我一样爱你。”

林川北说完这些的时候，又是一阵冷风吹过，也许是我体内酒精的缘故，感觉没有之前的冷漠。

“普希金的《I loved you》。”桃儿说，“《我曾爱过你》。”

“好啦好啦，过！”田甜迫不及待要进入下一轮。但是让她垂头丧气的是，直到最后那该死的叉子也没再临幸田驰。

一直到海浪扑到我们的脚下，我们才卷家伙离开。

却也从离开的时刻起，一切都开始变了。

“‘刘翔’。”我对田驰说道，“你确定要把你这半成品扔给我吗？”

“不然怎样。”他说，“我现在得一心一意地把全部心思放比赛上面，没有多余的精力。”

田驰把餐厅的设计方案转手给我，而我只想着偷懒。

“你这什么风格？”我接过设计方案，顿感诧异，上面的色调都是橙色。

“不懂了吧。”他说，“心理学研究橙色是最能让人引起食欲的颜色，你没有发现很多的餐饮网站都是使用的橙色吗？包括 KFC、麦当劳的宣传海报。”

“不过看上去确实蛮舒服的，”我说道，“但是会不会太冒险了？”

“富贵险中求。”田驰肯定地说，“你跟着这思路就对了。”

“现在社会可真难混，干哪一行都得跨行业学点东西，就譬如咱这室内设计，你还得懂市场经济学、各种心理学，不仅如此，你还得有冒险家的精神，随时一命呜呼的准备。”

“骆桃呢？”田驰问我。

桃儿一早便去了银行，医院又来催医药费了。

“她对象来了。”我说，头也不抬，表现出真诚的态度。

“她对象？”田驰惊讶地反问道，“她不是单身吗？”

“她前男友又来勾搭她了。”我随口编着，“唉。”

“她这也太伤自尊了吧。”田驰说，“好马儿还不吃回头草呢，骆桃是不是脑子进水了？”

“你这么大反应干吗？”我揭穿他，更大声地说，“人俩要是真喜欢呢。”

“她就是不长记性么！”他回我，“都说吃一堑长一智的，都分手的两人还拼凑在一起，这心里就不膈应吗？”

“膈应也不关你的事啊！”我说，我俩现场激烈地辩论着，“人俩或许是命中注定。”

“命中注定的话，那缘分还能错过？”

“那只是错位，一个意外而已。”

“那能用一生去赌一次意外吗？”

“人家就是有这勇气。”我紧紧跟着说，“你没有！”

“我有！”

爱是命中注定，我不能孤独地寻找生命的真谛。

而除非，我找寻到另一半。

田驰坐那发愣着，而我心里乐滋滋的。

“段桥依。”他对我说，“先替我守着这秘密吧。”

他已经被迫对我坦白——他爱上了桃儿。

“为什么？”我反问道，“你可说你有勇气的。”

“我当然有勇气，”他说，“只是现在还不是时候。”

真不知道他所谓的时机不对到底是什么，不是说，爱，就要大声说出口吗？

“我就看穿你了。”我说，“只是桃儿还傻乎乎地不知道。”

“她天生少个心眼儿。”

“你啥时候发现自己喜欢上桃子姑娘的？”我追问道，为了回头扮演好红娘的角儿。

“他们两人都深信，一种突然的激情使他们结合在一起。这样的信念是美丽的，但犹疑不定更为美丽。”田驰如是说，出自维斯瓦娃·辛波丝卡的《一见钟情》。

“就是这样奇妙的感觉，我想我是一见钟情了。”田驰又说道。

我居然被田驰这一分钟的独白打动了。

直到中午，桃儿也没出现，也没有给我电话。

“怎么了？”田驰问我，我给桃儿连续拨去电话，可是一直无人接听。

我心里越想越恐慌，我想起她上回被人跟踪的事！

“什么？被人跟踪？”田驰，“怎么没报警啊？”

“以为就是个普通的色狼。”我说谎道。

我和田驰在朝阳路拦了一辆出租车，直奔桃儿所去的银行。

“报警吧。”田驰面无表情地说。

这时候已经天黑。整整一个下午，桃儿杳无音讯。

就在田驰拨通 110 的时候，桃儿给我回电。

在一小区公园边的马路上，我找到了桃儿。

当然，只有我一个人，田驰要跟着来，我没让，我知道桃儿出了事，不好的事。

她满脸伤痕，蜷缩在路边，皮包被弃在一旁。

“跟我回家。”我说。

“挺不错的。”马苏说，“就按这图装修吧。”

我去餐厅递交完善的室内设计效果图，老板人不在，但是碰见了马苏。

不知为何，近距离接触她，我竟会心跳加速。

“啊？”我一惊回道。

“你放心，”她说，“交给我吧，图不错，应该没问题的。回头我让他把钱汇你们账户。”

竟会有这样的女人，气场如此强大。我心里想着，嘴上却说不出一句话。

“你怎么了？”她或许看到我的心不在焉，问道。

“没事，没事。”

她莞尔一笑，我起身准备告辞。

“唉。”她喊住我，“你等等，你现在有空吗？”

她开着雪佛兰科迈罗带我去了市区一家意大利咖啡厅。

“看得出来，”她说，“你是个单纯简单、善良用心的姑娘。”

“哪有！”我说，“我的舍友都说我好吃懒做来着。”

“是吗？”她笑起来，“真看不出来。”

“马苏姐。”我这样称呼她，她应了一声，我又说，“你真漂亮。”

她依旧是莞尔一笑。

她要了杯蓝山，而我点了杯果汁。

接下来，我们很聊得来，距离感缩减很多。

“马苏姐，你的气场真强大。”我说，“绝对的女神。”

“你说得太浮夸了。这些都是被修饰出来的而已，你也可以，”她端着咖啡杯说，“你瞧，你穿着这身就不错。”

我穿着上次的衣服，我找不出更合适的衣服，用桃儿的话说，我其他的衣服都是山野村姑 style，基本都是大学穿剩下的。

“陈云枫喜欢你。”她说着，“我可看出来了。”

“不会，”我极力否认，没发现自己的脸已经涨红，“不可能的事，我这么一人。”

好吃懒做，人来疯，想一出是一出，性格看似含蓄，实际上暴力无尺度，更别提我那些怪癖好了，桃儿可以证明。

“那是你的事。”她说，“关键是他不是这么想。”

陈云枫给我打电话的时候，我和田驰在梦想屋，我把电话调成静音。

“干吗不接，谁的电话啊？”田驰问。

“外地号，”我回他，“推销保险的。”

“骆桃什么时候回来？”他又问我道。

“你不会自个儿问啊！”我莫名发起火来。

田驰没再说话。

“喂，sorry 啦今天。”我给田驰发微信道歉。

“没有啊，道哪门子歉。”田驰回我。

我打开窗户，一片惨淡的夜色。而再回头，空空荡荡的房间里，我一个人。

桃子姑娘，你快点回来吧。我仰天长叹。

电话响起。

“桃儿。”我欢喜地说。

“你为什么不接我电话。”是陈云枫的声音。

我竟会如此慌张，都没看清来电提示。

“我没有。”我搪塞道，“没注意吧。”

“你下来，我在你小区门口等你。”

“你喜欢他吗？”马苏又反过来问我。

“像他这样既成功又有善心的男人确实够吸引现在的女孩，”她继续说道，“也没什么不好意思。”

“如果他有你说的这么完美，那又为何会离婚三次呢？”我委婉地说。

“他没跟你说吗？”马苏惊讶地看着我说，“前几次离婚的原因。”

我沉默不言，以示肯定。

“他的第一任老婆有外遇，而且是她提出离婚的。

“他的第二任妻子是残疾人，他公司的一位女同事，失恋后从写字楼上跳下来——没死落了瘫痪，准确地说，他是可怜她，或者说只想救她。

“他的第三任妻子——”

说到这里的时候，马苏突然惨淡一笑，然后接着说：

“他的第三任妻子是第二任妻子的妹妹，嫁给他的时候还在读大学，等她研究生毕业的时候，也和他离婚了。”

她说完，喝尽杯中的蓝山。

“现在的女孩都不仅要找一个男朋友，还想着把男朋友共享。”她最后说道。

我听她说，不自然地回答，“你放心，我不会是那第四个。”

“不不不。”她摇着手说，“你误会我的意思了。我知道你不是那样的女孩。”

“你可欠着我两顿饭。”陈云枫倚在车边说。

“两顿？”我反问。

“一顿是你非要还我衣服的钱，还有一顿是装修完成的时候，你说过的要回馈客户，不会耍赖吧？”他不苟言笑地说。

您这架势是要让我今天还吗？我心里想着，嘴上却说，“那你是来……”

“不是来讨债的。”他回我话说，“就是想找个人喝两杯。”

星光熠熠。

坐在车中沿着车窗看这座城市，斑驳陆离，喧闹又宁静。

不知过了多久，也许是很久。

“在这里喝酒吗？”我诧异地问道。陈云枫来的地儿是一档高档的西餐厅酒吧。

“怎么了？”他疑惑地说，“不合适么，要不换家。”

我的意思是，“如果只是喝酒聊天的话来这地儿也太奢侈了点，而且都不能让大声说话的。”

“那依你的意思我们该去哪里？”他回头笑着问我。

“跟着我走吧！”

不说千颂伊那般“喝着啤酒吃着炸鸡”吧，但总有个喝酒“必须有”的氛围。

路边摊或是酒吧，二选一。若是去那种西餐厅喝酒，那是真高雅，不让大声说话，不能碰杯，不能捧腹大笑，这喝酒的乐趣一下子就少了一半，当然这只是对我们这些俗人而言。

在路边摊和去酒吧也是两码事。在路边摊喝酒，一般亦是三五好友聚在一起，没心没肺地乱七八糟聊着，有时配烧烤，有时换大排档，还有的时候很干脆地炒点野味海鲜之类，边喝边聊，不醉不归。

去酒吧喝酒那是纯粹的玩乐。有人是排遣寂寞去的，有的人爱蹦迪，有的人为发泄情绪，还有的人是寻找猎物，总之，去酒吧喝酒的人目的大多不一，不如在路边摊喝酒来得纯粹。

我口若悬河地说着，而脑袋里回忆着和桃儿喝酒的各种事，以上的情况我们都有发生，并且除了路边摊和酒吧，我们还有一地儿，就是在街头——像两只酒鬼，我们第一次遇见的那晚。

我说着，想着，竟情不自禁噗嗤笑了出来。

“真看不来你在这方面经验蛮多。”陈云枫对我说道。

“那可不。”我说。

“桥依，”马苏又对我说，她的咖啡已经喝完，她拒绝了服务员续杯的请求，而专注于我们的对话，“我爱上了陈云枫。”

天地不仁以万物为刍狗，万物不仁以百姓为刍狗。我爱上一个人的时候，却又同时爱上了另一个人。马苏平静地对我说着。

而这话，听着似曾相识。我和桃儿一开始就谈论过。

“这位是？”安恩问我道。

陈云枫听着我的建议去了我和桃儿最常去的一家大排档，而碰巧遇见了安恩和林川北也同时到来。

“我的客户——陈云枫。”我介绍道，“这是我大学同学——安恩，还有她的男朋友。”

四个人，一张小方桌。

“你不是不吃路边摊的吗？”我问安恩。

“别说我，你不是也说路边摊不干净来着的嘛。”

两个待一起久了，这习惯和爱好总会潜移默化传染给对方嘛！我和安恩得出的一致答案，不同的是，我说的是我和桃儿，而她说的是她和林川北。

当然我更不清楚林川北什么时候开始有吃路边摊的嗜好，我只记得，我曾想买根路边烤串，他坚决不让。

“还不跟我说实话，”安恩凑我耳边说，“哟，大半夜的跟一普通客户出来吃大排档。”

“真就一普通客户，”我回她，“朋友而已。”

“我觉得我们打搅你俩了，”她又说，“要不我跟北北先撤，你俩该欢愉的欢愉，该喝酒的喝酒。”

“那赶紧滚吧。”我说。

她还当真了。

“亲爱的，”安恩对林川北说，“有人在记恨咱呢，咱换地儿去！”

林川北愣了一下，跟着被安恩拖走，她还回头给我打了个“OK”的手势，我真想冲上去抽她的！

马苏爱上了陈云枫，在她还是孙老板的情人的时候。

爱是自由的。马苏说。

如果一个女子一辈子只和一个男人做爱，并不能说明她的爱唯一，而是因为她不喜欢做爱。但发生一次爱情故事比上床百次更有意义。她继续说着，借用马格丽特·杜拉斯的名言。

他明白的我的情意，马苏说着。当我更愿意与不爱我的人在一起，而不太情愿与太爱我的人待一块。

我听不太明白，就像一个少女读不懂杜拉斯一样。但是她的话一定会有品质保证，等待少女能明白的时候，才清楚她话中的火热。

“你见过马苏了？”陈云枫打开一瓶易拉罐啤酒，对我说。

“不好！”我突然反应过来，“你开车的，不能喝酒吧。”

“你说的酒驾吧，”他连开两瓶，给我一瓶，“可以找代驾。”

陈云枫给我看了短信，他已经预约好代驾公司。

“就是一个人闷了，想出来呼吸下。”他说。

“其实……”我说，我想说什么来着，如何开口？

“她跟你说什么了？”陈云枫接着问我。

没什么，马苏姐她夸你来着。

“马苏姐真漂亮。”我说，“有种不俗的美。”

“所以她不能落在俗人手里，”他说，“她配孙老板刚好合适。”

“合适吗？”我又说，“难道要做一辈子的地下夫妻——没有安全感，永远没名分地继续下去？”

陈云枫吞了两口酒。

“你知道的，对不对？”我反问他，就如马苏所述的，他知道她的心意。

而我想知道的是，谁会拒绝马苏这样的女子——高雅、优美。

朋友妻不可欺？

她不是妻。

君子不夺人所好？

谁又是君子。

“没说她喜欢我，我就得喜欢她。”陈云枫最后说，“就好像——”

“就好像我喜欢你，你也会喜欢我吗？”他说着，看着我，脸上被酒精刺激得通红。

“那你怎么回答他的啊！”安恩在电话里急不可耐地问我。

“没回答。”我回答她。

“没回答是什么意思？”她追问我道，“没回答是哪种回答，默认吗？”

“我开玩笑的，别紧张。”陈云枫笑着说。

可他依然没有说他为何拒绝马苏。

“上次我生病的时候来替我监工的是谁？”我问他。

“是她。”陈云枫答道，“我也是后来听装修的师傅说的，她去过。”

“他这算什么啊，是在试探你吗？”安恩打抱不平地喊着，我真担心电话会突然烧掉。

“你可别胡思乱想了，”我说，“我跟他差太多。”

“是学历、年龄，还是身高？你这理由太苍白了。”安恩说。

“他比我大八岁，”我说，“超出了我能接受的年龄差范围。”

“我去！”安恩嗤之以鼻说，“那马伊琍和文章还差八岁呢，人俩不是走一块了嘛，还有俩孩子。”

“后来那小爸爸不就劈腿了么！”

“可人俩还是在一块幸福地生活着。”安恩反驳我，“何况你这是男大女小，和人家不一样！八岁没差的好吧，据说这是最稳定的夫妻年龄差。”

“那也没用，”我果断地说，“关键是我对他不来电。”

“你跟人家不来电，你就不接人家的电话？”

“我们不聊这个了，”陈云枫喝掉最后一瓶啤酒，“我听说你们参加了一个电视比赛？”

“Best Designer。”我说。

“我也看这节目，挺火的。”他说，“我觉得你们会走得更远。”

“但愿如此吧。”我回他。

可是如果桃儿在第二轮比赛前赶不回来怎么办？

“还能怎么办，”田驰说，“兵来将挡水来土掩呗！”

“那桃儿才是那将和土，”我说，手里拿着田驰的新创意，“这是什么？”

“复赛作品啊！”他说，带着责怪我有眼不识泰山的语气。

“桥依。”我们讨论完作品，田驰唯唯诺诺地说，“我昨晚给骆桃打了电话。”

“哟，开始采取攻势了嘛！”我口蜜腹剑地夸他说。

“她一开始没接，然后过了两小时才回我。”

“你应该高兴，毕竟人家还惦记着回你。”

看着田驰欲言又止的样子，似慌非慌，我跟着问，“怎吗？你不会是已经表白了吧？”

“当然不是！”田驰回，“唉，算了不说了。”

“你这是典型的恋爱前恐慌综合征。”我说。

“还有这病？我怎么没听说过。”

“现在你听说了。”

中午，田驰提议去改善下伙食。

“咱今天不吃快餐了吧？”田驰说，其实我也早对朝阳路上唯一的一家快餐店腻了。

“那你说想吃啥吧？”我说，“姐请你。”

“这么客气，给我下套呢吧。”

“别狗咬吕洞宾。”我点开团购网，然后说，“限额一百块——这可是我支付宝里全部的家当了。”

“你们女人是不是都坚信网购的都特实惠呀，”田驰蔑视地说，“都挂羊头卖狗肉的。”

“你爱吃不吃。”

就这样，我们去了一家麻辣香锅店。

“我发现你今天精神不对劲儿。”我们在窗户边一座位入座，田驰对我说，“你不是不爱吃辣吗？”

“人都是会变的好么。”我把团购券给服务员，她直接拿着我的手机去了前台，“心都会，何况习惯呢。”

“我怎么听你这话像是在指桑骂槐呢！”

“您可别臭美了，”我说，“你是不是想着我在说你，喔，在我和桃儿之间随便挑来着。”

“你打住。”田驰说，“我可从没这样奢望。你俩得一我之幸也，要是得俩，我宁愿折半寿。”

“我呸！”我接过服务员归还我的手机，然后接着说，“你小心我给桃儿吹枕边风，一句话让你魂飞魄散，你信不信！”

“我必须信，”他说，“你俩相亲相爱胜过一切。”

一会儿工夫，服务员端来满满的一大盆。

“看到没。”我对田驰说，“坑你没？长知识没？回头还鄙视咱团购不？”

我正得意呢，服务员跑过来说，“打扰了两位，您团购的这券是周一至周五使用的，您还得补个差价。”

原来不知不觉已经过去两个周末了，桃儿你什么时候才归来啊！我发着呆，忘了服务员还在等着我买单。

“为什么要补差价？”田驰问着服务员，是个二十岁左右的小姑娘。

“因为今天是周六，这券不能用。”小姑娘回，战战兢兢。

“这样吧，我不为难你，你去把你们经理叫来。”田驰说罢，小姑娘恐慌地离开。

“你干吗啊？”我质问着田驰。

“这不坑人吗？”田驰愤愤道，“凭什么啊！”

说着呢，一个西装打扮的人走过来。

“您好，请问有什么可以帮助您？”这个人问道。

“是这样的，”田驰说，我也不知道他哪门子来的道理，“这劵吧，要是今儿不能用，你们干吗还去兑呢？”

“但是先生，”经理心平气和地回，“这团购网站都写着呢，周末使用此券需要额外补 68 块钱的差价。”

“那你能说说这差价哪来的吗？具体点的。”田驰咄咄逼人地问着，“如果说周日的菜系比周一到周五的丰富，我愿意掏这钱。”

“先生，今天是周六。”经理继续解释道，“客流量大。”

“可这和补差价有关么。”田驰说，“你以为我们买票逛动物园呢吧，就算你这儿是动物园，也没说周日要涨票价的啊！”

“我问你，今天你的菜品都涨价了吗？”田驰又反问他。

经理摇摇头。

“既然如此，凭什么实体店饭菜不涨价，这网上团购的就要涨价？”田驰最后说道，把经理指责得哑口无言。

“要不先生您这差价就免了，您看如何？”

“嘿！怎么就免了，免了我多没面子，我还吃得愉快吗？”

经理满头大汗，不知所措。而我听着也稀里糊涂，不知道他到底要干吗。

“钱还是要给的，但不是补差价。”田驰给了“所谓的差价”，然后继续说，“就是让你们把这辣再添点，不够劲儿。”

“田先生，您是吃错药还是忘吃药出来了！神经病啊。”我不吐不快地说他。

“我这是传授你临危不乱、随机应变、见好就收的本领呢，怎么才能成为将和土，”田驰自我解释说，“做好你孤军奋战的准备。”

桃儿突然不在，我便成了一个孤独症患者。

“姐，你还有我呢不是，”田甜对我说，“要不我带你出去溜达溜达。”

周日，我窝在家中看着无聊的电视，我以为桃儿回来呢，开门却看到了田甜。

“瞧你见我那失望的劲儿吧。”田甜撅嘴说着，“特不欢迎我是不是。”

“怎么会，我欢喜得不得了。”我笑着说。

“也就我哥惦记着你，说你一定闲在家里，让我来陪你。”她脱下高跟鞋，挑了一双桃儿的拖鞋换上了。

“没发现他这么细心的，”我说，“还有派你来另有目的？”

而且你那古灵精怪的，我防不胜防。

“听你这么说，我这儿来没讨着好不说吧，还落一身脏。”田甜一屁股躺在了沙发，上对着我说，“说吧，今儿有什么计划？”

“看电视，换台，看电视，换台。”我答。

“您打住。您还是直接把自个儿闷死在家里得了。”

“那你有更好的死法吗？”

她眼珠子一转，说：“有了！”

“短发女人也可以性感和可爱的嘛！”田甜双手托腮盯着我说，“一会儿带你去打下耳洞。”

她带我进了一家美容美发会所。

我看着镜子中的自己，抹着厚粉底、涂着腮红，眉也被重新画过。

“你这是要带我去唱戏吗？”

她摁住我，说：“你等人家弄完啊，看整体效果。”

在煎熬中等待了两小时，终于弄好。别说，“没有美女人只有懒女人”，镜子里的姑娘，我自个儿都认不出来了。

“怎么样，还满意吧？”田甜问我道。

“会不会显得太——”我低声说着，“妖艳。”

“不是妖艳，是耀眼。”田甜说，“就你这在这样，往地铁口那一站，回头率还不跟 GDP 似的蹭蹭地往上蹿哪！”

“可惜哦，”田甜又说，“女为悦己者容，你这儿美美的还是一种浪费。”

“我孤芳自赏不成啊？”

“那可不成，”田甜说，“那我多没成就感啊！”

“哥，哥。”田甜喊着田驰，“别看了，你哈喇子跟节操都掉一地了。”

“你站着别动。”田驰对我说，然后掏出手机，给我十连拍。

“我敢打赌，明天咱的粉丝量肯定骤增。”田驰说着，发着微博。

正臭美着呢，陈云枫发来短信：装修出问题了。

我到的时候，陈云枫和装修队的师傅们都站着呢，个个表情严肃。

“怎么了？”我问着垂头丧气的领队师傅。

“我们看错了图纸。”师傅愁眉不展地说道，“装修失误。”

我看了下整体装修，确实凌乱明显，尤其是楼上的装修，基本都是装一半丢一半。

陈云枫憋着气，站在阳台抽着烟。

若是一般楼层的装修，还可以重新设计，卸掉重来，损失不会太大，但是这复式楼层，是牵一发而动全身的活儿。

“师傅你也别太难过，”我安慰道，“事情既然发生了，总会有解决的办法的。”

“唉。”他唉声叹气说，“我难过的是我赔不起啊！”

师傅挺实诚，确实，这不仅是人工费，还有材料费、房子磨损费在里面。

“我，”我走到阳台，对陈云枫说道，“其实这事也有我的责任，我要是监工的话，就不会发生这样的事了。”

“不，不怨你。”陈云枫灭掉烟头后说，“你本来就是帮我忙的。”

我看着他冷峻的面庞，又看着师傅们像犯错的孩子站立在屋内，我又说道，“那你打算怎么办？”

陈云枫吸了一口气，说，“还能怎么办，自认倒霉吧。我要是要包工头赔，还不是得要了他的命。他们赚钱也不容易，都养家糊口呢。”

“那你呢，怎么办？”我问他。这来回折腾一下又得多花不少钱，何况不是自己的错误，还要自己买单，他心里一定不快吧，我心里想着。

“谁让我孤家寡人一个呢！我不入地狱谁入地狱。”他说着，笑了起来，而我心里也轻松多了。

最后，包工头愿意带着队给继续重新装修，不计工费，而我在现在错误的基础上重新设计一个拯救方案，把损失降低到最小，当然也是不计费。

“大难不死，必有后福。”我笑着说。

“只是这福要迟到了。”陈云枫说。

原来他计划在他妈妈 60 岁生日前让老人家搬进新屋来着，不过现在心愿只能化为泡沫了。

“有没有其他法子弥补老人家的欢喜？”我说着，心里想着，总不能让老人家空欢喜一场，老人家的盼头可是经不住伤害的。

陈云枫笑笑。

“他没让你做他的女朋友？”安恩说道，“一大男人扭扭捏捏的！”

“你怎么净往那上面想呢！”我蔑视她说道，“我觉得也是。哄老人家开心。”

“少来！这是一时半会儿能哄完的吗？你想想，他妈就住这儿了，回头人家妈要是想见儿媳妇了，然后他说，对不起，妈，我跟那姑娘分手了！你听着合适吗？这不是左手一块糖右手一巴掌么！倒头来没哄着老人开心，还反过来伤一回心！陈云枫不是傻子，他那么孝顺，会让这样的事发生么！”

“所以说，”安恩最后总结道，“他这话是顺水推舟呢！潜表白词儿。”

“对了，”陈云枫降下车窗对我说，“你今天很漂亮。”

“谢谢。”

陈云枫送我到小区门口，我以为这一天的事总算结束。

却没想到，这只是开始。

“这么晚才回来。”田驰抱着头盔，站在门口对我说道。

“你怎么在这儿？”我反问他道。

“我溜车。”他回我，我看到不远处一辆超炫的本田摩托，“碰巧看到你——你们。”

“你神经，花那么多钱就换来这么一车。”虽然外表挺酷，但是我怎么看也不值六万块。

“你别转移话题，”他说，“我看着这人就不是什么好人。”

“别以你那小人之心度君子之腹了。”

“走！”田驰扔我一头盔，接着说，“溜两圈。”

沿着机场大道，畅通无堵。

速度有 160 迈。

“开慢点，太快了！”我坐在后座，对他耳边喊道。

不过很显然，他没听到。

我只好敲了敲他的脑袋，“超速了！”

田驰隔着头盔说着，说了好几遍我才听懂，“没事！你抱紧就行。”

胆战心惊一个小时后，他才在机场下停下车。

“怎样？”他骄傲地说，“是不是有种死而复生的感觉。”

“我有想把你敲死的感觉。”我摘下头盔，说话还哆嗦的。

桃儿不在，身边只剩下了田驰。

“桥依。”我们随便坐在机场下面一地儿，他对我说，“我想对你坦白一件事，困扰我很久。”

“说吧，”我说，“除了帮你追桃儿。”

“还记得上回我们在超市门口撞见吗？”

记得，就那次你带我去看内衣秀来着。

“那次不是偶遇，”他说着，“桃儿发给我地址，我担心你，就跟着去了。”

“我一直跟着你俩，看着你们进了川菜馆，我在外面等着。后来看到你俩在门口分开，我就放心了，准备回去，刚打上车却看到你失魂落魄地走在马路上，所以我就在你前面停下来了。”

“我想这就是爱吧，”他继续说着，我毫无准备，“至少那时候是这样想的。”

“没有这些事，”我说道，“咱还成不了闺蜜呢！”

在我心里，他已是我最信任的异性朋友，俗称男闺蜜。

“其实那会儿我挺纠结的，”田驰低头说着，“我来这儿的意图很明显的嘛！我暗恋你四年——整整四年好吧，怎么就不堪一击了呢！”

“那是因为你遇到了真爱。”

“我第一次在梦想屋撞见骆桃，就好像，”他抬起头继续说，“一只飞翔的鸟儿突然被枪打中，掉进万丈深渊。”

“那一秒，就坠了一生？”

“不要粉身碎骨才好，”他看了一眼我说，“我面对桃儿，我的心会跳得很快，我会不受控制、不由自主地去关注她，想去跟她搭讪，她就那样安静地坐在我前面，我能一整天看她。”

“这点我早就发现了。”

“总之很奇妙。”他又说，“我想我爱上了她。”

“而且无法自拔。”

“你说你一局外人都发现了，她还不知不觉。”田驰撒气地说。

“也许是她不想被看穿。”

深夜，12点。

我们沿着原路返回，不过这次速度没来时那般凶狠。

偶尔能看到几个酒鬼在路边撒野，或者是一对男女在路边纠缠，又或者是——

“停车，停车！”我喊着，使劲儿拍打着田驰的肩膀。

我看到了一个人，这世上还有谁比我更熟悉?

田驰靠路边停下车，而我直奔了马路对面去，中间还差点跌倒。

当我带着头盔站在桃儿面前的时候，我什么话也没说，只是我隔着头盔的视线越来越模糊，很突然，很突然……

她穿着我们第一次遇见的衣服，挽着一个中年男子的胳膊……

4. 曼谷追爱

我和桃儿之间的故事就是这样，猜不到开始，更不会知道结局。

我曾问自己，如果有一天，要用我的命去换桃儿的命，我会怎么办？

我一定会换，而且我相信桃儿的选择也是这样。

但是如果，如果有一天，我或者她，犯了一个错呢？

命都舍得，一个错还不能原谅吗？那时候，我站在雨中，反复问着自己。

没有答案。

爱，是我们命中注定，跟死亡一样，注定要来。它不受控制，无法拒绝，你只能接受，别无选择。

而人生，是写生命，也是写爱。

田驰快步跟上来，站在我身后。

“他是谁？”我盯着桃儿的眼睛问她。

“我男朋友。”

“你扯犊子！”我喊道。

那男的想上来阻挡，被田驰推倒在地。

这是我第一次凶桃儿。

那晚我们仨人都没睡，坐在梦想屋，灯也懒得开。

我没问，我总是等她先开口对我说。

而桃儿，依旧什么都没说。

“走吧，回家吧。”凌晨的时候，田驰还是说道。

“你送桥依回去吧，我不回去。”桃儿说，面无表情。

那一瞬间，我俩就成成了世界边缘的两颗星，我们曾那么亲密地靠近彼此，而从此刻起，我们却突然变得如此遥远。

“我不回去，你去哪里我去哪里。”我说。

“你先回去，我回去再跟你解释。”

“除非现在。”

“桥依——连你也要逼死我吗！”桃儿哭喊着，而她流泪的时候，我的心也痛着。

我懂她的哭，就如她懂我的笑。

我没睡得着，根本闭不上眼。

瞪着窗外，等着天黑。

桃儿被人跟踪，被人打，我以为是她之前的老板指使，而结果却是她的父亲——一个酗酒成性、热衷暴力的恐怖家伙。

我说，“桃儿，咱报警吧。”

桃儿哭红了眼，摇摇头。

“为什么啊，他是你爸爸，却这么对你和你妈妈，他是一个反派角色。”

“我妈吩咐过，”她告诉我说，“只要我没事，随他去吧。”

“可你现在是没事吗？”我反问她，“虎毒不食子，他连你都打！他想干吗？”

“算了，过去了。”

桃儿第二天便坐火车回了老家，她说她妈妈的病情有好转，她要回去看看，顺便解决他爸和他妈之间的问题。

“桥依，对不起。”桃儿电话里跟我说，那时候已经天黑。

“你在哪儿？”我不想听这话，我害怕听见她说出来，好像说出这句话，她就会永远地扭头离开似的。

“我没脸见你了！”她说着，已经抽泣不停。

“告诉我你在哪儿，我去找你。”

我再见桃儿的时候，她蹲在厕所里，衣服被撕得支离破碎、散落四处。

我第一反应就是立刻报警——

却被她挡住。

“求你了。”她肿着眼睛哭着说，“别报警。”

“为什么？”我愤愤不平，“那帮混蛋就应该被枪毙！不得好死！”

桃儿抱着膝盖，不愿抬头，“我不想让全国的人耻笑我……”

难道要让这群丧心病狂、为非作歹的畜生逍遥法外吗？任何一个有正义感、有点的善心的人都不会就此了之吧！

我握住她的手，她不让。我这才发现，她双手指甲拼命掐着手心，已经伤痕累累，淌着血迹。

“你要干什么！松手！”我喊道，拨开她的手。

可她却捏得更紧，指甲被染得鲜红。

“我不能死，我妈生下我的时候，我就该死掉……我连累我妈，背叛朋友，我罪有应得。”

“你说什么傻话！”我握不住她的手，只能抱住她，“放心，你永远有我在，”我脱下外套，抹去脸上的泪，“桃儿，我们回家。”

“你别碰我，”桃儿又蜷缩到一边，“我脏，恶心。”

听着卫生间不间断的水流声，我的泪止不住跟着流。

外面的天是黑的，难道老天爷你的心也是黑的吗？

在桃儿从卫生间关上门出来的时候，我笑嘻嘻地把她拉上床。

桃儿背对着我，我贴着她的肉体，从背后抱紧了她。

田驰微信问我，他正在餐厅监工。我告诉他，我和桃儿正抱在一起睡觉呢！

我叮嘱他用心监工，别犯和我一样的错误，从而打消了他今天想过来探望的念头。

“我们去三亚吧，”我对桃儿说，“要不出国也行，泰国、日本，欧洲就算了，太贵，咱消费不起，或者咱去韩国，我去割个双眼皮。”

我自言自语地说。

桃儿凝望着我，而在她哭出声之前，我抱住了她，“怎么了？”

“对不起，桥依，”她说，“对不起。”

桃儿的父亲是来管她要钱的，一个月前，她的贪婪父亲来市里找她要钱，跟踪她，她把身上的钱都给了他。那天，她去银行给医院转账，没想到她那恶魔似的父亲在银行门口守株待兔等着她。

“我不给他钱，他就要弄死我妈。”桃儿说着。

“他是在恐吓你。”

“不！他会的，你不明白他的丧心病狂！”桃儿战栗地说。

“我不该瞒你，他取走了我们账户里所有的钱，答应以后不再找我和我妈的麻烦。”桃儿继续说着。

“桥依，对不起，我知道自己很自私，但是我真的不再想过那种胆战心惊的日子了，”我从来没见桃儿像此刻这么脆弱，我更抱紧她，“我只要我妈妈醒来，我只想陪着我妈，真的有这么难么！”

我听着，也哭着，不仅为桃儿，也为我自己。

夜深人静时，我就像一个被抛弃的孩子，我害怕，为了克服恐惧，我会搂紧桃儿，那样能让我感到我不是那么孤独。

但也许，有的人注定孤独，跟爱一样，孤独也是一种命中注定。

我说桃儿你真傻。如果十万块钱能换来你和你妈妈的安定，你说值不值？你何苦还要去糟践自己呢！

最傻最笨的人不是我，是你。欠你的我今生还不完。

桃儿为了补上账户上的十万块钱的空缺，对我撒了谎说回家，却偷偷地回到夜场兼职。

兜了一圈，我们又回到原点。我睁开泪眼笑着说，“那就让一切重新开始吧！”

桃儿，我最亲爱的桃儿，但愿你能挺过这关，用你对我说过的话，叫做重生。

可是心里憋着一股仇恨，为什么要如此折磨一个心地善良的姑娘？为什么？

我找陈云枫，我只能想到他。

我借钱，桃儿丧尽天良的父亲连桃儿妈妈的医药费都没留一分！

“要多少？”他问我。

“五万。”我说。

“好。”

“你不问我借这么多钱干吗使吗？”我问他。

“你有急用，不方便说，我问不是自讨没趣么！”

我到家的时候，陈云枫已经把钱转到我卡上了。

“桃儿，”我说，“咱去旅游吧。”

现在看来，唯一能走出阴影的方法只有换个环境，而且迫在眉睫。

我永远记得医生当初跟我说过的类似的话，“如果继续在阴暗下生活，你会得抑郁症，那将是无法根治的。”

“可是比赛呢，怎么办？”桃儿说。

“参加不了这次，咱明年还可以卷土重来！”

就这样，我把借来的五万块做了下分配：两万块钱汇给医院，剩下三万块钱，我俩跟团旅游，应该差不多了。

“去哪儿呢？”我看着地图独自琢磨着，“去就干脆去远点吧。”

桃儿一言不发。

“咱们去泰国，落地签，省签证了！”我欢喜地说。

田驰没有事先跟我说，他表白来得很突然。

在出发前，我和桃儿在市区一家中餐厅等田驰，他从监工地方赶了过来。

“你俩这说走就走也不跟我商量。”田驰说，“太突然了吧。”

田驰气喘吁吁地坐下。

“又不是生离死别，”我说，“多大的事。”

“不！”田驰说，“比生离死别还痛苦。”

我们经常分离——
一分一秒，一天一夜；
终于尝到了真正爱情的寒冷。
心好像出现了一个洞——
忽冷忽热，时悲时喜；
原来是你钻了进来。

就这么突然，田驰目不转睛地对着桃儿说道，“骆桃，我爱你。”

当桃儿含着泪拒绝田驰的时候，我便明白了一句话——当两人同时坠入爱河的时候，他们便知道了，这不仅仅是巧合。

田驰爱桃儿的时候，桃儿也爱田驰。而现在，爱的人还在，而被爱的人却不能再爱。

他在最合适的时候没有表白，却选在最不适合的时候说爱。她别无选择。

爱，命中注定，不需要任何理由。

但不爱呢？

田驰没有追问，桃儿也找不到答案。

我问桃儿，你明知道自己已经对他动了心，为何能一直装作若无其事？

可他是因为喜欢你才来的，桃儿说。

我说桃儿你笨死算了！爱只是两个人之间的事，与第三者无关。

别说田驰爱的不是我，就算田驰是我的男人，如果你爱他，而他又爱你，纵使我可以嫉恨你俩，但你俩之间的爱呢，我又能去怨恨什么？

临行前夕，我还是给陈云枫发了条短信。

一句感谢的话，却不知从何说起，最后反复删除与修改下，半个小时后终于琢磨出来：我要销声匿迹半个月，携款私逃。

接着我又给安恩发了条短信：Hey，Dear，我俩私奔了，勿念。

“这个时间通知人家，都睡觉了。”桃儿说。

“这样才好，”我关闭手机，说，“省得一个个都来刨根问底。”

我敢肯定，若是安恩现在醒着，她一定追上门来兴师问罪。

“曼谷，我们来啦！”

清晨，小区门口，我牵着桃儿的手对着天空喊道。

话音刚落，陈云枫的车子在我跟前停下。

他不会真的来追债的吧。我心里想着，顿时由悲转喜。

“怎么，”他看着发愣的我说，“以为我来追债的？”

“追债？”桃儿疑惑地看着我问道。

没等我回答，桃儿牵着我的手拖着行李便往回走。

我没打算告诉桃儿这钱是我跟陈云枫借的，她问我，我说这半月接了两个小活儿，攒了点钱，凑上咱身上剩下的钱，去趟泰国无压力。

“咱不去了，把钱还人家。”

“不！”我坚定地说，“去！我都期待好久了。”

“你撒谎都不会撒。”桃儿说，“我已经没事了，不需要出去兜圈。”

我俩僵持在门内，陈云枫追了上来。

“不就是借你钱了么，我又跑不掉，你干吗一大早追过来！为什么！”我冲着陈云枫发着火吼道。

我冲上楼，关上房门，蹲在门后哭了。

“桃儿，我恨你，咱能不能不逞强，哪怕就这一次也好！”

“怎么会没事，怎么会？”

我独自说着，一个人听着自己的话。

我也曾以为自己一个人能承受得来，我不需要怜悯，不需要被同情。

但是后来我发现我彻底错了，面对现实，我显得如此苍白无力。

直到林川北的出现——

我比任何人都明白，也更清楚，桃儿现在需要什么，就如当初的我一样。

“段小姐。”桃儿在门外敲着门说，“再不去可就赶不上飞机啦！”

“还有啊，人家土豪陈一大早来送咱一程，你倒好，给人家一通骂，人家自尊心掉了一地！”桃儿继续说着。

我破涕为笑，打开了房门，顾不得脸上两行泪。

很久以来我就不喜欢，
别人对我表示怜悯，
可是有了你的一点同情，
就像太阳暖我身心。
所以我觉得周围一片晨曦，
所以我能够边走边创造奇迹，
就是这个原因。

我们到达机场的时候，却看到了田驰。他背着厚厚的双肩包。

“你这是要干吗？”我问他。

“跟着你们去泰国啊！”他说着，掏出机票，“你看，我机票买好了。”

“但是你去干吗啊？”

“你们干吗我干吗，”他回我，“隔着5000公里我心里不踏实。”

“你这人是不是脑子有病？”桃儿追上来对田驰凶道，“谁要你跟着，你这么爱自作多情的？”

田驰被桃儿突如其来的吐沫横飞吓傻了眼，愣在原地。

“我要是你。”桃儿冷笑道，“人家不喜欢我，我就滚得远远的，何必死皮赖脸着，非逼得自己惹人嫌弃、遭人恶心才罢休吗？”

我扯了扯桃儿的衣袖，被她甩开。

“我还没说完呢，”她继续说，“趁着还能退票，该回家干吗干吗，浪费劲儿！”

我抢先一步把桃儿挡在身后，不让她继续说，转而笑呵呵地对田驰说，“你怎么不提前跟我说声哪？”

“你手机一直关机。”

“现在咋办呢？”我同情地望着田驰，说道，“要不，你不说跟着我们，你一个人去旅游，不就跟我们没关系了吗？谁还能管到你的人身自由？怎么这么笨呢！”

陈云枫看着我们通过安检才离开。隔着玻璃窗户，我们招了招手，他应该是祝我一路顺风吧。

“是不是突然有一种失落感？”桃儿问我道。

我点点头，又摇头说，“没有。”

“别装了，”她跟着说，“可都写在脸上呢。”

“有这么明显吗？”我惊讶地抬起头捂着脸反问她。

“段小姐。”桃儿停顿后说，“你坠入爱河了。”

当飞机从地平线飞起的那一刻，我似乎感觉到这一切就会这样过去。

而等我们再回来的时候，会是一个新的世界，新的开始。

“他怎么来了？”桃儿转过头来跟我说。

“谁呀？”我揣着明白装糊涂地反问。

“姓田的。”她说，“你俩不会私通的吧？”

“桃姐，你借我十个胆儿我也不敢哪！”我严肃地回她，心里却笑开了花。

天使之都，佛教之城，曼谷。

从 DMK 出来，异国风情的味迎面扑来。你顿时能感到一个渔村发展成千万人口的城市的与众不同。

我拿出手机，桃儿摆了个 POSS。

我按下快门，这成了我们在曼谷的第一张照片，并且被我发在了微博和朋友圈。

“你太高调了吧？”

“必须要高调，”我回她，“不然怎么叫晒幸福呢！”

“那咱接下来干吗？”

“下榻 Hotel！”

“你订这么高档的酒店。”桃儿说，“还是套房。”

“来就是消费的，”我说着，打开房门，“一切为快乐让路，桃子姑娘，好好享受今晚。”

我们入住的伯克利酒店，水门区，距离机场 20 公里，附近各种娱乐场所，商场，还有小吃一条街。

“不夜娱乐城。”我拉开窗帘望着下面，兴奋地喊道。

已经是晚间 9 点，我站在 17 层，俯瞰着曼谷。“桃儿快来看哪，多美的城市啊！比安定市看着舒服多了。”

“你是一点不累，”桃儿收拾好行李，走到我身旁说，“咱是不是应该下去转转。”

我和桃儿换了一身衣服，准备出去觅食，顺带去一些传说中的场所瞅瞅。心里一股兴奋劲儿。

“好巧啊！”在电梯口，我们撞见了田驰，他说道，“你们也住在这间酒店啊？”

“你还有完没完？”桃儿横眉冷对地冲田驰说，“你这能力不做狗仔可惜了！”

“我面试过，人家没录取我。”田驰顺着桃儿的话答。

“曼谷这么大，酒店遍地都是，你非得住这里吗？”桃儿继续说。

“这里距离机场近，而且附近有很多——”他说着，还对桃儿挑了挑眉毛，“特殊表演。”

“我看你是冲着特殊服务来的吧！”

电梯下行，桃儿拉住我的手跑出酒店门。

“跟屁虫！”桃儿骂道，“看甩得掉不！”

我们进了一家本地餐厅，里面爆满，但为了尝到一口地道的泰国菜，我俩还是排了半个小时的队。

桃儿用着流利的英语跟服务员沟通着，而我只能说句“萨瓦尼卡”。

“这味好诡异，”我吃着一份拌面说，“甜不像甜的。”

“有点像是过了期的糖精。”桃儿替我形容道。

总之，第一次吃总是不习惯的，吃吧吃吧。

离开泰国餐厅的时候，已经是晚上十一点。

“天还早呢，随处溜达会儿嘛！”我哀求着桃儿。

“不成，曼谷是个鱼龙混杂的地方，这么晚不安全。”桃儿坚持要回酒店。

最后我拗不过她，同意跟着回去。

“你说田驰这会儿在干吗？”桃儿洗完澡出来，我自言自语道。

“你要是想知道，去他房间看看。”桃儿回我。

“你说他会不会就住在咱隔壁。”我揣测道。

桃儿没回我，而又进了卫生间，反复来回地冲着澡。

“你这事干得可真漂亮！”安恩指着我鼻子说，“半夜发一条短信，跟着就失踪。”

“临时决定的，”我弱弱地回答她，“莫怪莫怪、休怒休怒。”

“我能不着急嘛！”她拍着桌子说，“我还没见着婚纱的影儿，我都放人家师傅儿回鸽子了。”

“大小姐，不会让你穿比基尼结婚的！”

我先醒了，在桃儿脸上吻了一口。

“咱能先刷牙么。”桃儿眯着眼对我说，“口臭！一看就是没经验的，没被男人亲过。”

“是啊，没人疼、没人爱。”我故作可怜地回她。

从伯克利酒店大门口出来，右手边便是白金时装广场。店铺各色各样，眼花缭乱，可以说到了让人瞠目结舌的地步。

“里面有精致的女士饰品、各类时尚鞋包，不仅如此，最重要的一点是——价格低到令人发指，这里有句话，来泰国不来曼谷，就不算到过泰国，去曼谷不来白金时装广场，就不算到过曼谷。”

不远处，田驰对着一帮华人高歌猛唱着。

“亮瞎啊，”我说，“狗仔改行做导游了。”

“大家跟着我走哈！”田驰手里举着小红旗喊道，一帮群众真跟在他后面走。

“哟！世界好小。”田驰撞见我和桃儿，惊讶地说，“两位有兴趣参团吗？给你们半价。”

“无聊！”桃儿轻蔑地回他，“一边儿去！”

“这是个明智的选择。”我对桃儿说。

我们夹在一群大妈大姨中间，坐在观光车的最后排，而田驰拿着小喇叭面对着我们站在路中间。

一个没方向感，一个左右不分，可不就是两瞎子！所以我踊跃报名参团。

“大家可能还不知道，泰国的全称应该是泰王国，它是一个君主立宪制国家。说起泰国的历史啊，可是波澜壮阔……”

田驰在前面讲着，不输给持岗上证的导游。

“没看出来啊，他还懂这些。”我称赞道，顿时对田驰刮目相看。

“我看他是故意卖弄吧。”桃儿不屑地说，“没看见那导游姑娘脸色铁青的么！”

“我觉得人挺乐意的啊。”我反驳她道，“你看，人家姑娘看田驰的那眼神。”

“这里在300年前还只是一个小渔村，直到1782年，泰王国国王拉玛一世将首都从一河之隔的吞武里迁到这里，曼谷才逐渐发展繁荣起来，现在已经是东南亚第二大都市。”

“那请问导游同志，曼谷有哪些好玩的旅游景点呢？”我举手提问道。

“这位游客问得好。”田驰对我竖起大拇指，然后说，“曼谷被称为佛教之都，所以来曼谷啊，你会发现到处都是寺庙，像比较著名的大皇宫、玉佛寺、卧佛寺等等，每座寺庙风格迥异，美观精致，要是诸位时间充沛，我建议大家都挨个看看，体验下心灵之旅。”

“除了寺庙就没别的啦？”坐在田驰下方的一位大妈跟着问。

“姐姐你别急。”他说，“听我慢慢跟您说。”

“哎呀，小伙子你可真会说话。”大妈们陆续夸奖着他。

“曼谷还是女人购物的天堂，这里有全泰国最知名的购物中心——暹罗广场，就在曼谷市中心，你们看，就在那边，也是我们的下一站。”

田驰一边说着，一边指着窗外方向。

“暹罗广场中心有一个演出用的舞台，每天都有各种表演或小型音乐会在那儿上演。这可和咱在国内跳广场舞不一样啊。”

田驰热火朝天地说着，低下欢笑声一片又一片。我跟着乐翻，而回头看桃儿时，她早已眼眶红润。

“最后，咱再说说泰国最具特色的一样，大家知道是什么吗？”

“人妖！”大妈们不约而同地回答。

“Bingo！”田驰打一响指说，“那大家想不想看人妖表演呢？”

“想啊！”

“我也想。”田驰嬉笑着说，“可是咱得等到晚上！”

“切。”

“那你怎么先回来了？”安恩剥着橙子皮忽然醒悟似的问我。

“大小姐，橙子是切的！”我鄙视她，然后说，“我预感我能进决赛。”

“我看好你，”她放下橙子，找到一把刀，然后对我说，“希望你一炮而红，回头给我留个签名。”

我看着她笨拙地切橙子，惨不忍睹，简直是令人发指。

“那现在大家有一个小时的时间去购物，一小时后我们在原地集合。”田驰对着小喇叭喊着，“大家都注意好安全啊，还有钱包、手机什么的。”

观光车在暹罗广场伊势丹门口停下。

我指挥着田驰给我和桃儿拍照。

“我呢？谁给我拍照啊！”田驰才反应过来。

拍完照，我取回手机，迫不及待地发了朋友圈跟微博。

“你不是爱臭美么，自拍啊！”我想说来着，桃儿抢先一步。

我和桃儿先是在伊势丹逛了一圈，但是都是日系风格的商品，没什么奇特。我们穿过商场间的天桥，而天桥下面是一排地摊。接着我们被远处传来的叫喊声吸引。

看着像是表演节目，非常热闹。

安恩真的切到手了。

“瞧你这心不在焉的样儿，”我手足无措地帮她止血，“有你这样榨橙汁的吗？”

“还是你对我好。”安恩一副受宠若惊的样子。

“别贫嘴了，好大的口子。”我说。

“这条街就是考山路，”田驰说道，“汇集了世界各地的背包客。莱昂纳多的电影《海滩》就是在这儿拍的。”

考山路不长，前后五百米左右，但是却像是个浓缩的南京夫子庙，餐厅饭馆、旅社、照相馆，还有各类小商品商店，令人目不暇接。

“不过到这里来，主要是看人。”田驰又讲解道。

“你怎么对曼谷这么熟悉？”我问他，“搞得自己是个本地土著一样。”

“我原来的公司在这里有办事处，我曾被派遣到这儿小半年。”

夜幕降临，一天下来最期待的时刻。

我们乘坐地铁在 NANA PLAZE 一站停下，这一带汇集了各种娱乐表演。

“我看咱还是别进去了。”田驰说。

“来都来了，”我说，“干吗这么扫兴。”

我说着站远一点，然后给桃儿拍了张照。

“那你俩进去吧，”田驰一脸垂头丧气地说，“我有精神洁癖，我欣赏不了。”

“这么严重的喔！还要缝针。”安恩抱怨道。

我去医院窗口挂号缴费，医生说还要打破伤风。

“我来吧！”林川北突然出现，挡在我面前说。

“桥依。”我往回走，他喊住我，“等等。”

门票五百泰铢，赠送一杯饮料。我跟桃儿边喝边等着。

不一会儿工夫，酒吧里便挤满了人，各种面孔，男男女女，鱼龙混杂，或者说男男女女分不清楚。

九点整，表演开始。

两个穿着暴露的表演者登上台，而舞台的正中央是一根钢管。他俩这么一扭腰、一回眸，引来台下观众一阵尖叫，当然也包括我。

表演分三部分。先是表演舞蹈，这是开胃菜——接着是表演些绝活儿，比如劈叉、软骨之类的身体技能。

现场掀起一阵阵高潮，我站起身，用手机对着台上一阵狂拍。

而突然之间，台上的表演中断了，所有人一起盯着我看——我做错了什么？

“人家禁止拍照的！”田驰气喘吁吁地说，“进门没看到禁止拍照的标志啊——NO PHOTOS。”

“你说她文盲就算了，”田驰又批评桃儿说，“你也看不懂英文么！”

我和桃儿默不作声，只是喘着气儿。

“Chinese！”一个蓄着胡子的大叔拉下我，用我尚能听懂的单词说，“You are ……”

后面说什么我没再听懂，但应该是侮辱性的语言，从他的语速及表情可以判断出来。

接着他伸出手，说了一串泰语。

“罚钱啦！”从背后传来一男子的声音，是上海话，“侬脑子瓦特了？丢脸死！”

我从包里掏出二百泰铢，可他却还不满足，依旧伸着手，并且更严肃地看着我。

我又加了三百泰铢，“还不够啊！这都一张门票的钱了。”我说着。

“你傻啊，他要你手机。”一个广东人用着娘娘腔的口吻又说。

我迟疑了一下，但是看着他那恐吓的目光，我无奈地准备递过去手机。

“凭什么啊？”桃儿夺去我的手机说，“我们删了不就完了吗？不就是拍了张照片么，至于吗？”

那人说了一句英文，我只听清楚了一个词——Bitch。

桃儿拉着我离开，却又被一圈人围住。

“你们这根本就是种族歧视。”桃儿说，面对三五大汉，我们不禁往后退缩两步。

刚才说话的华人朋友呢？就不出来帮忙一下吗？我在心里祈求着。这形势，我更不敢掏出手机给田驰打电话。

桃儿手心冒着汗，我忽然觉得双腿麻木，愣在原地，而就在这群人张牙舞爪扑过来时，舞台中央传来清脆的玻璃破碎声和尖叫声。不知是谁，向舞台中央砸了两个啤酒瓶，紧跟着我们被一股力量拖走。

“我就知道你俩会出事！”田驰蹲在地上说，“没吃过猪肉还没见过猪跑么，有什么好看的？”

“早知道这样，我们就不去看了，”我认错道，“可千金难买早知道啊！”

“而且你俩是没组织的。”田驰接着说，“又不是抱团来的，谁罩你们！”

“拍照对人是一种侮辱，”田驰揉着脚后跟，逃跑的时候貌似被东西割到，“别再给中国人丢脸啦，一点荣辱感都没有，真是雪上加霜！”

“别说了！”桃儿突然说，眼睛都直了，“看！他们追来了！”

桃儿拉着我就跑，不顾受着伤的田驰。

“喂！”田驰喊道，慌张套上鞋，“你俩忘恩负义的东西！我靠！”

“你有男朋友了。”林川北似问非问地对我说。

我还没回答，他跟着说，“挺好的。”

“到你了。”我说道，指着他身后，排队已经轮到他。

“玩蛋去！”田驰鼻青眼肿地吼道，“别猫哭耗子。”

“你说说，这全天下还有比你俩的行为更令人发指的吗？我冒着生命危险把你俩从虎口救出来，你俩可好，逃之夭夭不说，救命恩人成了替死鬼，你俩还在这儿幸灾乐祸。”

“这哪里是来旅游的，这分明是来冒险的！”田驰拍着桌子喊，“叛徒！大叛徒！”

“我们逃跑可我们也没丢下你啊！”我狡辩道，不对，是争辩、理论，“没见我们把交警给喊来了么！”

“我是得谢谢您给我留了个全尸！”田驰反讽回道。

“可是，”我又问他，“那最后部分的表演会是什么？”

“有榨汁机不用，还用刀切。”林川北给安恩包扎着伤口，关切地责备道。

“你不是说榨汁机不干净，还浪费么。”安恩回他。

“我的意思是直接吃橙子就好，干吗非得榨汁呢！”林川北包好伤口，看着安恩说。

“到最后还是我多管闲事了。”安恩似无理取闹地说。

“你没多管闲事，”我插话道，“只是你心不在焉，一心想着喝果汁的人吧。”

“不要碰我！不要动我！走开！救救我！救救我！”桃儿蜷缩成一团，裹着被子浑身颤抖着，她又做噩梦了。

我想叫醒她，免她受折磨，可我更害怕她醒来——我只有更加抱紧她。

“你在哪里，我去接你。”陈云枫在电话里跟我说。

“我，”我顿了顿说，“我在医院。”

“好端端的怎么跑那里去了？”

“陪个朋友而已——她的手不小心割到了。”

“哪家医院？”

“人民医院。”

“装修今天竣工，”他说，“一会儿见。”

“我看你还是在酒店待着吧，”我看着田驰“惨不忍睹”的模样，轻声细语地说，“吓坏孩子不说吧，人家看着俩美女带你这么一模样的人，不合适啊！”

“说得在理。”田驰喝了口咖啡说，“那我还是让朋友把船先拉回家吧。”

在曼谷西南方向，距离曼谷市区两个小时路程的地方，便是著名的安帕瓦水上市场。去逛水上市场，船是必用的交通工具。

“别啊。”我扯着他胳膊说，“您大人不记小人过，我错了成不？”

“惩罚呢？”他趾高气扬地说。

“惩罚？”我反问道，“就你这样还想要干吗？”

“就是我这样子才要的，”他说着，“怎么样？回来后给我来一套泰式按摩。”

“您长那腰了吗？”

我看着满屋精致的装修，看来这回师傅们花了不少心思。

“唉。”我情不自禁地惋惜叹道。

“唉声叹气作甚，是不是哪里不太好？”他问道。

“没有，”我否定道，“比我预想的好十倍。”

陈云枫呵呵轻笑两声，然后说，“我就让你过来看看，要是没什么问题的话，我打算给师傅们结账了。”

“结账？”我诧异道，“不是不计酬劳的吗？”

“哪能呢！”他望着天花板说，“师傅们挺不容易的，都是老实人，我不能亏欠人家。”

我听着，心里也倍儿欢喜。

“你别逗了！”田驰耻笑道，“我命贵着呢，还经不住被你糟践。我是说，你请。”

“更没有。”我说，“凭啥让你先享受了！”

安帕瓦水上市场并非纯商业市场，来这里交易的大多数是泰国人偏多，而且据说晚上这里还有一大美景——萤火虫之舞，不过我们没赶上那季节，只能道听途说了。

田驰还是个划船高手，他朋友的船是一条长四米、宽两米的小舟。

他俩在船尾交谈着，我和桃儿在船头戏水。

“人家跟你俩打招呼呢！“田驰冲我们喊道。

我跟桃儿只好嬉皮笑脸地回应，同时说了句，“萨瓦尼卡。”

庆幸的是，他懂点汉语。我们才恍然大悟，原来初次遇见的那个导游姑娘正是这位泰国朋友的妹妹。他叫做 Pong，他妹妹叫做 Poy。

我们到达安帕瓦水上市场的时候，刚好是最繁荣的高峰期，小贩们在自己的船上载满了各种食物、饮料，还有本地产的冰咖啡、贻贝，可以直接在小船上 BBQ。

大老远就望见 Poy 在河岸边对我们招手，她正在卖着海鲜。

“很开心能再次见到你们。”Poy 热情地招呼我和桃儿，“你们是 Tony 的朋友，也就是我们尊贵的客人。”

Tony？田驰的英文名。

“导游是我的主职，周末的时候，我就是蘑菇。”她甜美地笑着说。

“是村姑。”田驰纠正她的用词，不过她的汉语已经是我见过的外国人中最好的了。

“对，是村姑，我就到这里来摆地摊。”她有点害羞地讲完。

初恋的故事总能随时随地敲击人的心扉，而只有恋人们能听到彼此的回音，当年的他们是何等的相亲相爱。

“Poy 和田驰是对初恋爱人。”我拉上窗帘，跟安恩通着电话说道。

“这小子原来是去密会老情人去的啊！”安恩喘着气说道，“隐藏够深的。”

“你在干吗呢，气喘吁吁的？”我问她道，又说，“人家没你想的那么龌龊，可纯洁着呢。”

在我看来，安帕瓦水上市场简直就是一个露天的水上乐园。商贩们把物品放到竹篮子里，然后用长竹竿递给客人，客人在把钱放到竹篮中，完成一次水上交易。

傍晚，我们收获了一批东西，都是本地的一些纪念品、特产之类，但是种类繁多，叫人爱不释手。我们把船靠岸，点了两盏油灯，河畔的风轻轻拂过，烧烤的火苗更旺盛。

“来尝尝地道的曼谷啤酒——干杯！”田驰吆喝着，举杯一饮而尽。

“我跑步呢！”安恩回我，“那你和陈云枫呢，是不是还纯洁着？”

“你倒不怕大晚上跑步被色狼叼走。”我摁了免提说着，“纯洁的友谊。”

“我踩着跑步机呢！”安恩回我，“就你俩还纯洁的友谊呢，一个电话你就屁颠屁颠跟着走了，唬谁呢。”

“快如实招来！”安恩命令似的说道，“热死我了，怎么才掉了三两！”

“怎么样，去庆祝下。”陈云枫说道，“刚好跟我讲讲你们在泰国风起云涌的经历。”

“不会就我们俩吧？”我反问道，庆祝也算是个普天同庆的事情。

“不会。”他回道。

“不出去你又不会发霉，”桃儿说着，“这酒店里配套设施也都有，想玩什么自己玩去吧！”

桃儿看着刚过世的加西亚·马尔克斯的一部小说，不理会我的牢骚。

“想不到田驰还有这么一段过去啊！”我不可思议地说道。

昨晚，我们通过 Pong 才知道这段故事。而田驰今天也没有跟我们回来，而是留在了 Pong 家中。

“你不知道的过去多了，”桃儿跟着说，“有什么大惊小怪的！”

“来！我们祝贺云枫乔迁之喜！”孙老板先举杯说道。

基本还是上次那群人，只是少了马苏。

“可是段小姐，”另一股东说，“我们的餐厅装修怎么办呢？这也到了收尾工作了，可不能出岔子啊。”

“不会，您放心。”我回道，“明天我就去监工，直到工程结束。”

“岂敢！”孙老板接话道，“我们可没命令你或责怪你的意思啊，回头老陈得怪我们了。”

“你是不是开着免提啊，我怎么听不清。”安恩在电话里大声喊道。

“我在换电灯泡呢！”我回道。

我把手机开免提放在洗手池边，然后站在马桶盖上换着灯泡。

“妞，”安恩更大声地说道，“我可以很肯定、很直接地告诉你——你爱上陈云枫了。”

我忘了关掉开关，灯泡突然亮起的一瞬间我被吓到，结果没站稳。

“桥依。”桃儿对我说，很少如此认真，“我跟田驰不可能。”

“纪伯伦说，只有爱和死才能改变一切。而偏偏有的时候，我选择不了前者，而如果非要选择的话，只能选择后者。

“我承认我对他有好感，甚至、甚至现在突然发现自己，爱他越来越深了。他是个好人，他应该找 Poy 那样的姑娘，单纯简单，胸无城府。”

桃儿说着，合上手中的书，书名是《霍乱时期的爱情》。

“我早已配不上他。”桃儿说着，泪淹没眼眶，“你知道我现在有多脏。”

“桃儿，”我握住她的双手，“不是的，那不是你的错！真的，忘了它，一切都过去的！”

“假如现实欺骗了你，不要愤恨，不要忧郁。现实总是令人悲哀，一切都是暂时的、转瞬即逝，而那些过去的终将变为亲切的怀恋。”

“你家里就没个换灯泡的男人么！”安恩气冲冲地对我说。

“不对！你不会喊个帮手啊！”安恩转念一想，又重新数落我一遍，“不会是听我说你爱上陈云枫，你一激动……”

“我都这样了，”我吞吞吐吐回她，“你不心疼还顾着指责我。”

“我说你就是活该！”安恩继续说，“我看呀，还是找个人赶紧收了你，真是一祸害。”

当时我只觉后脑被撞、眼前一黑，便不省人事。

“幸亏和我通着电话，不然老天爷也救不到你！”安恩慢下语速说，“陈云枫怎么还没来？”

桃儿一整天看着书，而我刷了一整天的微博，却意外收获了一份惊喜。

天刚黑，我俩出门觅食，不能去太远，地铁九点以后就关闭，所以只能在附近找了一家小饭馆。

“桃儿。”我说，她“嗯”一声回应我，我继续说，“咱明天去普吉岛吧？”

“离曼谷挺远的吧？”桃儿说，“要不还是在曼谷附近转转吧。”

“不远，我们乘坐大巴去，沿途还可以欣赏风景。”我说，“在这儿胆战心惊的，每天都不踏实，时间都浪费在酒店里了。”

吃完晚饭后，我们便回到酒店，收拾着行李，准备明天搭最早的大巴去普吉岛。

“他过来干吗？”我疑惑地说。

“你不是拿我电话干缺德事了吧？”我突然醒悟道。

“我还真没有，”安恩回道，“是人家自己打电话过来的，碰巧被我接了。”

医生诊断结果是，我的后脑磕在了洗手池边，小脑受伤，有轻微的脑震荡。

“会不会变成植物人哦？”林川北拿着化验报告汇报着，安恩犯二地问他。

“人都醒着怎么还变植物人呢，”林川北回道，“只是，只是脑中还有淤血，医生说等明天早上看，如果淤血扩张的话就得动手术。”

“啊？”安恩惊叫道。

第二天，普吉岛。

早晨八点出发的，下午七点左右到达普吉岛。

为了避免再次发生尴尬的问题，我特地利用路上的时间把泰国的一些习俗禁忌详细看了一遍。而桃儿看了一路的书，并且下车的时候，那本《霍乱时期的爱情》被她遗忘在了大巴上。

天已经渐黑，首要任务还是找到酒店。

几近十二个小时的长途车，加上大大小小的行李拖累着，我和桃儿早就疲惫不堪，所以在下车附近随便找了一家城市酒店入住。

“还是这里好，”我打开窗户说道，没想到对面就是海岸，“空气新鲜，远离纷扰。”

“即便是世外桃源，也注定不属于咱。”桃儿和我一同站在窗户边来。

我们倚着落地窗户，看着远处的海，各有心思地发着呆。

陈云枫刚巧推开门进来。

“有这么严重？”安恩追问着，“医生不会故意吓人吧？”

“我觉得医生说得在理，”林川北说道，“现在起 24 小时内都是关键，要有人轮流看床才好。”

“我来看。”安恩说。

“你不行。”林川北说着，欲言又止的样子。

安恩听罢，没有执拗。我后来才知道——安恩她怀孕了。

“没事的，”我说，“我感觉还不错，就是有点看不清楚。你们都回去吧。”

“有事！”

我多么希望，有一个门口
早晨，阳光照在草上
我们站着，扶着自己的门扇
门很低，但太阳是明亮的
草在结它的种子，风在摇它的叶子
我们站着，不说话，就十分美好。

桃儿起得比我早，等我醒来的时候，她正倚在窗边看着海。

“你还没看够呀？”

“看够了。”桃儿回答我。

就好像伤口愈合一样，总要有一段时间。时间会是最好的解药，我始终坚信着这点。

陈云枫和林川北异口同声地说着“我”的时候，我已经意识不清。

“要不就轮流看护吧，”安恩委屈地望着我，无声胜有声地说，“可怜的妞，身边也没个照看的人。”

“这样吧，”安恩继续说，“陈云枫你晚上先陪看着，早上我们早点来替你。”

我们总是习惯改变自己追求幸福的方式去寻求快乐，但是不知道，获得幸福最好的捷径是改变自己。

我们在普吉岛的第五天，田驰从曼谷过来，但仿佛变了一个人。

“怎么了？”我问他，“心再次被俘虏了？”

我俩一边在金色海滩走着，一边欣赏着路过的美人。

他叹了口气，站住了脚步，“她就像是这一片海，闪烁着干净的光芒。”

我宠爱映在窗户上的光
它笔直，纤细，浅淡
今天啊，我从清早就保持缄默
而心一一分成了两半。

“你一颗少女的心又蠢蠢欲动了。”我对他说。

他又开始挪动脚步向前走，说，“我不知道，这是另一种感觉。”

“出这么大事！”陈云枫坐在一边，说着，“这也不是一个姑娘能干的事。”

“以前都是我自己换的，”我说道，“从没出过事。”

“常在河边走，哪有不湿鞋。”

“你这什么比喻……”我听罢，不理解地说道，“一次小意外而已。”

“可这意外差点要了你的命！”他说，然后把椅子挪近了一些。

他把床头的灯光调暗了一些，这倒让我感觉睁着眼没那么吃力了。

“我可以吗？”他突然问我。

“另一种感觉？”我反问田驰，爱情有多种滋味？

“我看你就是个花心的人，”我说他，“一个天生的多情种。”

“你无法理解的。”田驰抬脚踢掉一块贝壳说。

“所有男人都会爱两个女人，一个是自己的作品，还有一个未出生。”他说着纪伯伦的名言，显然没有诗人那样傲娇。

“问题是，”他继续说着，一脸惆怅，“她已经提前出生了。”

“那她呢，是作品还是未出生的那个？”我说。

桃儿光着脚丫子从浅滩往岸上走来。

“我……”我用力抬起头，想说话。

“别着急。”陈云枫轻声说道，“等你出院了再给我答案。”

他摁住我的被子。也许是后脑的一块淤血，我一直处于昏昏欲睡的状态——不知不觉中睡了过去。

“你俩有这么多悄悄话。”桃儿迎面走来说，脚丫子上沾满了沙子。

“我们在讨论要不要继续参加比赛呢！”我说道。

“怎么参加，现在打道回府还来得及吗？”

“一个人回去就可以了。”田驰说，“桥依回国。”

“为什么啊？”桃儿惊讶地问道。

“我们的微博火了。”我屏气凝神地说道，这就是我发现的意外，“一百万粉丝。”

自从我在 DMK 为桃儿拍了第一张照片，一场意想不到的惊喜正在发生着。

当我再次睁开眼的时候，林川北替换了陈云枫所坐的地方，低头翻看着什么。

我想抬起头，但脑袋似乎很沉重，又或者是我使的力气不够，我只好放弃。

“要坐起来吗？”林川北放下手中的报纸，开了自动升降开关。

“感觉怎么样？有没有好点？”

“比昨天好些，”我说，“安恩呢？”

“她，”他停顿下，继续说道，“她一会儿过来。”

“现在几点了？”我透过窗户看到外面，还是灰蒙蒙一片。

“5 点吧。”

“你怎么这么不小心！”桃儿在电话那头责备我道，“你就不能等我回去换啊！”

“桃子姑娘，”我说，“我是不是也要等到你归来再如厕呢！”

“也是哦！”桃儿又犯傻说道，“你可以让陈云枫来换嘛！”

“拜托，桃子姑娘，此时非彼时。”

“不跟你唠嗑了。”她说道，“国际长途很贵的！”

“姑娘，你这变心比变脸还快呐！”

没等我说完，桃儿就挂断了电话。

在以桃儿为主角的照片里，旁边都有一个男子的身影。他或是专注，或是喜悦，又或是哀愁，在一旁凝望着女主角。照片火了，微博火了，成了热门微博，我用来记录旅游的微博日记成了发生爱情故事的地方。

并非所有的照片都如此，但有这些，就已经能说明一切。

“我看到了微博，”田驰说，“当我还在作品与未出生之间挣扎的时候。”

田驰跟我说，他已经失去了判断自己感情的能力，Poy 和桃儿是完全不同的姑娘，可一个人怎么会同时爱上两个人?

“我暂时不回去了。”田驰说，“我答应 Pong 的。”

“我跟你回去，”桃儿对我说，“我俩还是樱桃帮组合。”

桃儿躺在阳台摇椅上看着书，一言不发。

“马尔克斯的书就是毒药!”我说道，她手里拿着的是一本《百年孤独》。

“可这把毒药却逼着很多人吐出了灵魂，”她回我，翻着书页，“做一个没有灵魂的人。”

一切污浊来自灵魂，我宁愿存在这世上的只有肉体。

黎明，太阳升起。

窗户倒映着暗红色的光。

“再睡会儿吧?”林川北问我道。

“他刚走，”林川北继续说道，“没告诉你，不想打扰你。”

我闭上眼睛，周围寂静无声，只剩脑袋里的浑浑噩噩。

“评委老师们好，”我穿着陈云枫送的那件衣服，信心满满地站在台上，这是现场直播，“我叫段桥依，是樱桃帮组合的成员之一。”

“哦？我们认得你，”主评委老师说道，“你的搭档呢？”

“她人在泰国，已经在回国的路上，”我回答道，“我先替她向各位评委老师道歉。”

“开始吧，希望你单枪匹马能取得好成绩。”

“爱一个人需要多大的勇气？”田驰打下一枚椰子，对我说道，“你就是特简单地喜欢一个人而已，就是心动了，很困难吗？”

他把椰子扔我，特沉。

“她那么着急回去干什么？心虚吗？”田驰自言自语道，“不想见我，还是害怕见我。”

“你闭嘴吧你！”我使劲敲着椰子壳，说道，“人家为什么要躲避你？”

“那她好好回酒店去！”田驰从树上下来，拍了拍衣服，“这椰子的主意也是她的吧？”

“你到底想说什么？”

中午 11 点多，我再次醒来，但这回是被催醒。

“能看得见吗？”我睁开眼，揉了揉眼睛，可只看到了一层白雾状的东西！

“医生问你话呢，”林川北的声音，“能看得清我们吗？”

怎么会这样？

“你别激动，别害怕，不会有事的。”

“姑娘，你先用力睁大眼。”医生扩着我的眼眶，我能感觉到一股强烈的光线射入我的眼中。

“你是她的男朋友吧？”那医生问林川北道，“做好手术的准备。”

“医生，怎么会突然变这么严重，昨天不是还能看见的吗？这是怎么回事？”

“现在情况不容乐观，”医生惆怅道，“脑袋里的问题都是不可预测的，没有充足的证据和把握，谁也不敢贸然手术。现在啊，淤血已经扩散到视网膜，有可能还在蔓延，必须快速止血！”

“那还等什么！赶紧想办法解决啊！”

“你也别着急，你女朋友也没想象的那么严重，脑袋还灵活着呢，”医生说着，“按部就班地来，明白吗？”

“越在这时候，越要镇定，保持好情绪。”医生又对我说道。

“融合了欧洲 17 世纪古典美，整体格调一致，”主评委老师说道，“把卫生间纳入卧室，这点创意很好，完全避免了两者存在的空间冲突。”

“典型的简约风格，”另一位评委老师接着讲道，“出乎我个人的意料，跟上次比起来，我这回给你满分！”

“谢谢老师！”我鞠躬致谢，欢喜着。

“期待你接下来的表现。”主评委老师又说，“不！是你们组合。”

“恭喜你咯！”桃儿在电话里跟我说道。

“也恭喜你，不对，是你俩咯！”我笑着说。

“土豪陈没给你庆祝啊？”桃儿转而问我，“我靠！怎么照顾我家妞的！刚追到手就暴露本性了啊！”

“闭上你的乌鸦嘴吧！”我打断她道，“快说说，你俩什么时候归来？”

“等着吧！”

“她就是故意躲着我！”田驰削着椰子壳，说，“如果不是爱，我想不出其他合理的解释。可如果是爱，她的用意何在？”

“你这算是自作多情吗？”我拿着吸管，戳进椰子中。

“我辛辛苦苦，结果被你给尝了个鲜。”他继续说，“当你疯狂地爱上一个人以后，你难免会自作多情。”

“就你这样，还疯狂呐？”我反讽他道。

“糟了！”他忽然说，直接跑掉，丢下了椰子砸在我的脚上。

“田驰你大爷！”我捧着脚丫子喊疼，抬头瞥见，我们入住的酒店浓烟四起。

“昨天不是做过了CT吗？”我自言自语抱怨着。

“这是MRI——磁共振，”林川北解释道，“跟CT不一样。”

“电梯坏了，我背着你。”突然停住，林川北说着把我背起。

“她这种情况不能背着，得抱着，防止头晕摔下来。”医生跟着提醒道。

稀里糊涂打了一针，然后一早晨在病房挂着水。

就如医生所说，脑出血患者最易嗜睡。我竟然又迷迷糊糊睡了过去。

第二轮比赛第二环。但是原来的赛制临时改变了，随机抽题变成了统一命题。

为本次比赛设计创意LOGO。

田驰的那套临场应变法毫无用武之地，我事先准备了各种题型的考题，还特地研究了一本概念设计的书籍。脑子里杂七杂八地堆了各种备用素材，就等待一触即发的时机。

我们入住的城市酒店发生意外火灾！

火势从第6层开始向上蔓延，不少楼上的客人已被疏散在楼下，而唯独没见桃儿。

我们住在第8层。

田驰跟消防员沟通着，可他们说第6层到第8层的通道被封锁。

“你们不会从外面爬上去啊！”田驰用泰语吼道，“我们的朋友在里面！生死攸关，你们就见死不救吗？

可他们依旧回答，火势太大，进不去！

当田驰冲进酒店的那一瞬间，他的那句话便有了答案。爱你胜过自己的生命。爱有这样的勇气，还怕有千万种阻挡？

再醒来，已是中午。

“怎么样？”医生扶了扶自己的眼眶问我，还不放心地把手在我眼前摆动。

脑袋仿佛清醒许多，就是感觉特别饿。

“看来是虚惊一场了。”医生站直腰说，“姑娘运气不错，一会儿再去复检下。”

我笑着点头应允，感谢了医生。

“应该的，”医生继续说道，“但是现在还不是大意的时候，还得服用一段时间的药，得彻底清除，不然会有后遗症。一会儿让你男朋友来我的诊室拿药方吧。”

医生看过林川北和我，说道。而安恩和陈云枫站在一旁。

“医生您误会了，我俩不是男女朋友关系。他是我闺蜜的未婚夫。”我解释道。

“对不起啊，”医生跟着说，显得有些羞涩，“我还以为你俩是——瞧我这自以为是的，真抱歉。”

“一只羽毛成就一双翅膀，一双翅膀创造一片天空，”我说着，“我认为，最好的设计者，不一定是最有创意的，但一定是坚守自己的天空。”

轮到我时，我为自己设计的图案作解释道——一只羽毛。

“没有羽毛的天空就像是被放逐的灵魂，”我似乎言过其实地辩解着，“孤独、可怜，没有方向。”

最好的设计能让一切解释都成为多余——而一个好的设计者，best designer，一定是能时刻守住自己灵魂的人，一点爱意就能征服观众。

“他抱着你出来，自己立刻虚脱昏倒，”我对桃儿说着，“一个英雄就这样在群众面前倒下。”

桃儿从昏迷中苏醒，我迫不及待地告诉她经过。

“你不信啊？”我瞪着她反问道，“群众都可以作证的！”

“我信，”桃儿说，“我能记得，他背着我下楼。”

“问世间情为何物，直叫人宁死不屈啊！”我悲叹道。

“桃子姑娘，你可真淡定，”我说道，“嫉妒死人了都！”

桃儿沉默不语。

而田驰此刻还在昏迷中。

“我都以为你会怯场。”陈云枫对我说道，“只能用四个字评价你今天的表现。”

“哪四个字？”我问道。

“游刃有余。”

“我啊？拉倒吧。”我回道，“我是赶鸭子上架，完全是被逼的。”

“但是观众的掌声是真实的，”他减速下来，前面是红灯，“你是今晚的明星。”

我顺利闯过第二轮，安恩说要庆祝，我和陈云枫正赶去赴宴的地方。

“所以说，”桃儿在电话里说道，“你的选择是对的。”

从来没有选择项，何来选择？

“你以为我是你男朋友哦，”我说道，“还有一个异国他乡的红粉知己。”

“土豪陈毫不逊色啊，”桃儿反击道，“还是个女神级贵妇，艳福不浅。而且把人迷惑得死心塌地。”

“您闭嘴吧！”我说道，“Poy 呢？”

桃儿送我到车站。

“你赶紧回医院吧，”我接过她手中的行李说，“别出什么事。”

“等他醒来我就回去，”桃儿搂住我的脖子说道，“你好好参加比赛，别第二轮就被踢了。”

“你能不能说点吉利的话啊！”

“还有，在曼谷晚上不要出门，”桃儿叮嘱道，“局势乱着呢，你收敛点，别到处张扬。”

“总之，”她最后说道，“少说话，祸从口出，还有不要乱拍照，微博也不要发了！”

“好啦好啦，整得跟生离死别似的。”我拉着行李，独自踏上了归途。

“我去吧！我跟您去拿药。”陈云枫跟医生说道。

“段妞，”他俩刚离开房间，安恩跟着对我说，“瞧人家多么体贴你。”

“别再吊人胃口了，赶紧上钩吧！回头人家要是没耐心了，你只能沉底了。还有啊，你还有个贵妇情敌呢！”

“爱谁谁！”我说道，“你是不是收人贿赂了，这么说他的好呢！”

“瞧你这反应，”安恩嗤之以鼻说，“把你那颗赤红的心脏都暴露了！你就是嘴硬！”

“我们可都看出来了。”安恩继续说，又问林川北，“是不是，川北？”

“是。”林川北说着。

“是什么啊？你说完整啊。”安恩说。

“陈云枫挺不错的，”林川北接着说道，“也挺适合你的，你俩都挺适合的。”

“对不对，”安恩更有理有据地说，“而且还是一个成功型暖男。”

我到达曼谷车站，碰巧撞见了Poy带的旅游团。

“Tony是对的，”Poy对我说道，“爱是自由的，就像是风，遇水则止，碰到了对的那个人，你的心就会停住，眼里心里装的都是他。”

“你一定很爱Tony。”我说道，笑着看她的脸庞——朴素、坚强。

“他值得，”Poy继续说，我们在路边走着，天黑着，“至少我认识的他是这样的——幽默、善良，你能感觉到他的真心，无论他是你的朋友，还是恋人。”

Poy的话让我想起了海明威的一句名言：世界很美好，值得我们去付出。

也许是佛教圣地的缘故，泰国人大都给人一种淡雅宁静的感觉，至少我是这样觉得。在他们的脸上，很难看到现实的喧嚣，也许有痛苦，但是他们不愿表现出来，总之，在这里生活越久，你越能体会心如止水的境界。

“哈哈！”Poy笑话我道，“谢谢你的称赞，尽管我们没有你想象的美好。”

“我们相处了一个礼拜，我跟Tony说，我喜欢他，跟从前一样。他什么也没说，只是答应我留下来——仅仅是一个礼拜。”

“最好的永远不是最合适的。”Poy低着头边走边说，“反之，亦成立。”

偶尔在路边还能遇到几个匆匆而过的背包客，他们还会跟我们说一声“Hey”。

也许你真的很好，善良温柔、忠诚可靠，可是和那些花俏的姑娘比起来，在男人眼里，他们更愿意亲近后者。男人是猎奇的动物，女人也是一样，坏男人有时候比好男人更吸引女孩。爱是我们的情感，跟人性始终相关，这样的结果是注定的。

Poy和Tony在对方眼里都是完美的，所以不合适。我听着Poy的话，领悟着。

“你是他的作品。”我跟Poy说道。

而她只是笑笑。

“我还纳闷她怎么来普吉岛了呢！”桃儿电话里说道，“你都跟她说什么了啊？”

“她问我怎么一个人回国，”我说道，“我就如实告之了呗。”

马苏身上有种令人望而却步的高贵，而Poy属于那种让人不敢触摸的惊艳。

“也许他将永远记着她，我也希望这样。”桃儿说着。

“如果你爱的人，一生都会惦记着另一个不是你的人，就算不吃醋，可你甘心吗？”

“甘心啊，而且心甘情愿。”桃儿继续说，“有爱的人坏不了。”

把爱深埋，时间越久，骨子都会透着善良和美好。你希望有那么一个人一辈子只爱你一个人，只为你一个人动心么，这何尝不是一种自私？你只能剥夺他爱的权力，但是你无法掠夺他爱的本能。

这和出轨是两码事，出轨是不忠，是背叛。

“一个心里装着的是爱，而另一个装的是一个不是你的人。”桃儿解释道，又说，“不对！是只有爱！就像是守护一份美好。你喜欢一首曲子，你每天循环着不厌其烦地听着，你只是爱这首曲子，而与是谁唱的无关。”

我似懂非懂地听着桃儿说。

“总之，”桃儿最后说道，“Poy不是他的作品，而是爱。”

出院的第二天，桃儿发微信给我，孙老板支付了款项，我取出三万转汇到陈云枫账户。

“我收到短信了，”陈云枫说，“干吗这么着急还我钱？”

“万一我跑了呢？”我开玩笑似的说。

“我会追你。”他回我道。

我说：“剩下的两万等我赚了还你，不行的话，我分期付款。”

“什么时候回来的？”马苏问我。

今天孙老板餐厅重新开业。

“有半个月了。”我回她。

“我看到了你的微博——泰国之旅惊险重重，”她笑着说，“真羡慕你们年轻人。”

“你也年轻哪！”我亦微笑回道，“我羡慕你才对。”

“我有什么你羡慕的？”她倒了杯酒。

我竟语塞，回答不上来。其实是不知如何回答，不能言传的那种。

马苏笑笑，喝尽一杯红酒。

“你们的人生很精彩，”她深吸一口气说道，“很刺激，而且每次都能化祸为福。去趟泰国微博就超了百万粉丝，换个灯泡却照出了一个男朋友，参加比赛顺利过关，难道真的有上帝眷顾？”

我尴尬地笑了笑。

“跟你开玩笑呢！”马苏笑道，“来，我俩喝一杯。”

“你考虑的怎么样了？”陈云枫问我道，“是要再考虑一段时间，”他笑着说，“还是你嫌弃我。我有过三次婚史。”

我俩什么也没点，可能是口味还没来得及换过来，看到平常最爱的川菜总没有胃口。

我默不作声，我不明白我拒绝的原因是什么，但或许是这样的理由。

“其实也是，”我们保持沉默几分钟，他接着说，“你是一个单纯的女孩，跟着我，实在是委屈了，我不能糟践你。”

“不是的！”我突然说道，“我也没你想象的那么好，我……”

“你什么？”

他看着我，等我说下去，可我终究没继续说完——我没说完的话，是因为我的软弱，没有勇气。

而最后，代替我说完这句话的人竟然是安恩。

“她是杀人犯的女儿！”

“我早猜到你俩能走到一起，”马苏放下高架酒杯，然后说道，“他爱你，这就够了。”

她望着门口的方向，一群人正围着剪彩，包括孙老板和陈云枫。

“其实，”我说，“我……”

我不知如何去表达，她打断我的话，“来！祝你们幸福。”

她举起酒杯跟我干杯。

“不愿说没关系，”陈云枫笑着对我说道，“先吃饭吧。”

可我完全没有胃口。

“也许……”我放下筷子，正如田驰所说的，爱一个人能耗费多大的勇气呢？

他看着我，我点了点头，那一低头的分量有多重，好像是耗尽了一生的勇气。

他送我回家，分离的时候，我们互道了晚安。

当来自黑暗的精灵爱上了光明使者，

她喜悦，可她更痛苦，

因为上帝在她的心灵深处埋下了永不能摘除的——

黑暗种子。

它能毁灭一切，而根源是——

谁让她动了心。

不管怎样，桃儿接受了田驰，而我爱上了陈云枫。

而此刻，安恩和林川北坐在我跟陈云枫的对面，庆祝我比赛顺利过关。

“两件事。”安恩吆喝道，“首先我们祝贺段桥依小姐顺利过关斩将、单枪匹马闯进全国 16 强。”

“是 32 强！”我纠正她道。

“一样啦！”她说道，“我预祝你挺进 16 强不行嘛！”

“这第二件事呢，自然就是我们的段小姐和陈先生喜结良缘。”干杯后，安恩继续说。

拜托，喜结良缘是什么词儿！

“也是预祝，不行哦？”她又自我辩护道，然后又对陈云枫说道，“你说呢，Mr Chen？”

“如果不是陈云枫，换作别人，”我跟桃儿 Facetime，她说道，“其实分量也是一样。”

只是他，刚好撞见了你的爱，爱的分量永远不会少。

“那你们现在在哪儿？”我问她道。

“我也不知道，”她回我道，“在北部，叫什么来着我忘了，一个小村庄里。”

“我靠！”我惊叫道，“你不怕被拐卖了！”

“你还真说对了，”她接着说，“他说要去跟 Pong 一家道别，半路道路被封，就被拐来现在这个地方了。”

“桃子姑娘，”我说道，“你还是赶紧滚回来给我赚钱吧！咱还欠着钱呢。”

“怎吗？土豪陈还管女朋友追债了？”桃儿说，“我回去找他理论去！”

“欠债还钱，天经地义。”

“我呸！”她说，“我找他要钱去啊！怎么说，你也不止两万啊！”

“去你的！”

周一，我一人枯坐在梦想屋。

光是打扫卫生就耗了我一早上，饿到不行，又去快餐店买了份盒饭。

除了发呆，就是刷微博，无所事事。

一直到下午，三点钟的时候——

林川北突然出现。

桃儿还是比我预计的提前回来了。

我和田甜去机场接他俩。

“桥依姐，”田甜跟我说道，“我想谈恋爱了。”

“你才多大啊？是不是太早了点。”我惊讶道，她一个90后。

“我也是2开头的人了，好吧！”她竖起两根手指头，笑嘻嘻地说道。

“我身边的同学早就有男朋友了，比起她们，我算晚恋啦！”她继续说道。

“你是不是已经有了？”我问她道。

“没有。”她心虚地回道。

“我要是你同学也笑话你。”我故意激她，嘲讽似的说道。

“我有！”

多么机灵的姑娘，这么容易就上当了。看来爱情真是让人智商降低来着。

“我哥知道会不会凶我？”她一脸愁闷的表情自言自语道，“可我马上就要毕业了，现在已经实习了嘛！”

“他是你同学吗？”

“不是。”她回我道，扭扭捏捏。

“他是干什么的？”我追问道。

田甜抿着嘴唇，最后告诉我道，“我告诉你，你保证不跟我哥说哦！”

我点头保证。

“你不是找了个老头吧！”还没等她说，我便惊叫道，因为我脑中突然蹦出了“干爹”俩字。

“瞧您这龌龊的思想！”她鄙视我说道，“我有我哥疼，不需要干爹！”

“我俩在酒吧认识的，他是调酒师。”她说道。

“先不说他人怎样，”我说道，“但是你一个大学生，他高中都没毕业，你俩在一起能聊到一块去吗？”

这三观咱不说了，这朋友圈也不一样啊！

“可我觉得和他在一起我挺开心的！”田甜说道，露出一脸幸福样。

“那是暂时的。”我说道，“一开始都是激情，劲儿一过，你就明白了他不适合你！”

“可爱情不就是需要激情么，在爱情中寻求安逸是可怜的，人作家都这么说。”她反驳我。

“问题是，”我继续说道，“激情只是爱情的一部分，并不是全部。”

“我只要现在，不管未来怎样，别把你们对付婚姻的一套理论强加到我头上，”她据理力争地说，“我只想开心地谈一场恋爱。”

可是亲爱的，你只体验到恋爱前的喜悦，却不知恋爱结束后的痛苦。但是现在谁又能阻挡得了她去爱呢，终究要发生的，迟早会经历。

“好，”我说，“I promise，我不会告诉你哥。”

“我来拿设计图。”林川北说道。

我这才想起昨晚安恩说过今天要来拿她的婚纱设计图。

“我还差一点，”我说道，“我弄好再给你们送过去吧。”

“还是我来拿吧。”他微笑着说，“太麻烦你。”

“You come back！”桃儿和田驰从机场出来，我跟田甜一齐喊道。

“哥啊，你就是我偶像！”田甜口蜜腹剑地说道，“从中国到泰国——百步穿杨，真就带一嫂子回来了。”

“我怎么听着你这话这么反动呢？”田驰反问道。

“我夸您呢！”田甜给田驰灌迷药，“你说你不作声就跑泰国去了，都不管我死活，我是你亲妹唉！”

“不是，你离我远点，”田驰挣开田甜的手，说着，“你是不是闯祸了？还有又没钱用了？”

“我发誓没有！”田甜举起双手说道，而提的行李被丢在了地上，“不信你问桥依姐。”

“别，与我无关。”我回他俩话。

田甜拾起行李跟了上来，在田驰边上，两人说着悄悄话。

“怎么了，淑女。”我和桃儿走在后面，我对桃儿说，“不吱一声。”

“啊？”桃儿惊了一下，回过神，“有点不适应。”

“角色变化太快还没入戏吧，”我说道，“还是入戏太深，无法自拔。”

“去你的！”桃儿甩给我一个行李包，重死，然后大步向前走了。

“尺寸是不是小了点。”林川北拿着我绘的草图说道，“穿不上的吧。”

我记得她 B cup 的啊！难不成二次发育了？

“再增一个尺寸吧！”

“紧身点好，显身材。”我道

“她怀孕了。”林川北回道。

“废话么！”桃儿收拾着她的漫画书，边说，“女人在怀孕的时候乳房会二次发育，这是女人常识啊！”

她把这些漫画书塞进了垃圾袋，整整装了三大袋。

“那你就没有问他。”桃儿继续说，“是男孩还是女孩？”

“跟我也没关系啊！”我回道。

“是喔，你还是操心你自个儿的事吧，”她说着，“陈云枫也老大不小了，他就没催你的意思吗？”

“这才认识多长时间，不用这么着急把自己当了吧。”

“女人就跟牛奶似的，保质期很短，分分钟就不新鲜了啊！”桃儿解释道，“过了新鲜期，男人就得考虑换口味了！”

“你哪儿学来的这些女人道理，一套一套的？”

“自学成才。”她回我道，把垃圾送去楼梯口，“成熟女人都明白的道理。”

“她喜欢蓝色，”林川北认真地看着草图，说着，“浅浅的，天蓝的那种吧。”

我点头认可。

“那就不用纯白色了，”他继续说，“换成浅蓝吧。”

蓝色象征浪漫，也不错。

“衣领换成圆领的吧。”他又说道，却又突然噎住。

“V 领显得开放，也更美一些。”

我说着，但他却好像走神了。

“你。”田驰目不转睛地看着我，神情严肃地问道，“你这是在助纣为虐。”

“我虐谁了我？”我莫名其妙回道。

“太明显了！”他继续说，“你跟田甜是不是合伙瞒着我什么事！”

“这丫头一礼拜刷爆了我给她的透支卡！”

“啊？不可能吧！”我吃惊道。田甜虽然活泼捣蛋，但是还算懂事啦！

“我没问她，”田驰松口气说，“我先来问你。”

你问我也没用啊，我又刷不到你的卡。

“不过话说你的透支卡能刷多少钱？”我好奇地问他。

“这不是重点！”他着急地说着，“她以前用一分钱都会跟我请示，这次——而这次她只字不提。”

可她能把钱花到哪儿呢，我心里想着，莫非和她那男朋友有关？

“你急也没有用啊！”我安慰他道，“有多少钱嘛！”

“取出四万，刷了六万多。”

5 如果故事就到这里

我是来自黑夜的精灵
我们之间隔着黑色的永世分离
我的亲爱的光明使者
我和你，如同悲哀与悲哀相遇
我和你，在人世间不会再团聚
只愿，只愿在夜深人静的时候
你能听到我来自宇宙最深邃的问候。

他盯着我的衣服看。原来今天我身上穿着的是他四年前送我的一件圆领 T 恤。

我不喜欢 V 领，以前总觉得太“袒胸露乳”，可不是么，中间刚好露出一条乳沟。

也许是时间过去太久，我早就忘记，只是我舍不得丢掉衣服，总觉得跟了自己这么久，丢之太无情。

“还能穿。”我尴尬地笑着说，“丢了怪可惜的。”

他亦笑着说，“我只是好奇，你这几年都没太大变化。”

个子不长一寸，体重吧，基本围绕在一个基数上下微波动，可不就是没变化么。

“其实是有两件的。”他停顿着说，“只不过我的那件从未能穿过。”

“段小姐。”桃儿点着蚊香对我说，“谁让你买这种盘式蚊香啦！买电蚊香啊，环保无害。”

“你听到我说话没啊！”桃儿几次没点燃，气急败坏地说。

“听到啦！”我大声回她。

“瞧你这几天心不在焉的样子！”桃儿放弃点蚊香，爬到我旁边问道，“是不是跟土豪陈闹别扭了？”

“我俩好好的，你别乌鸦嘴！”我转过身，不理会她。

“成，我不问了！”桃儿不死心，下床继续点火。

“桃儿。”我说道，“我们出去喝两杯吧！”

“啊？”

她惊叫道，不知是惊讶，还是不小心点到了手指。

我去田甜学校找她，却被老师告知她已经一个月没去学校，毕业论文也没提交，而答辩在即。

我没先告诉田驰，也没告诉桃儿，怕她说漏嘴。

“这么大的人了，能去哪儿？”安恩说道，“学校发现人失踪就没报警吗？”

“她告诉老师说一直在实习，”我解释道，“明显就是撒谎嘛！”

“你不告诉田驰，你自己去哪儿找！”她喝着橙汁说道。

“我答应过她保密的，”我说道，“以田驰那脾气，真要发生什么事，他可是说上就上的。”

“她那男朋友呢？”

“我也不知道，”我说着，把我的那份递给她，“孕妇都爱喝橙汁？”

“真是服了你，”她说道，“你是不是缺心眼啊！本来与你无关的事怎么都绕到你身上来了，你又不是观世音！”

“好啦好啦，现在说啥都晚了，我让你来是出主意的。”

“我能有什么主意，我一孕妇总不能跟着你全世界去找。”

她喝掉橙汁，意犹未尽还想再来一杯，“别喝了，小心撑坏肚子孩子蹦出来！”

“我再给他塞回去。”安恩放下杯子说道，“你一个人也不好找，我给你派个司机。”

“谢您了，”我婉拒道，“咱有。”

“怎么了？闷闷不乐的。”陈云枫坐我对面，问我。

他要去孙老板餐厅吃饭，不过我非要去那家川菜馆。

“没有啦！”我说着，支支吾吾的，“你最近忙吗？”

“还好。”他回答我，“是不是我最近没照顾到你，惹你不高兴了？”

“有点。”我笑着说。

“那好，”他说，“明天我就向公司申请年假。”

“别别别！”我跟着说道，“我开玩笑的呢！”

就是朋友家的小孩儿失踪了。

我告诉了他整件事，不过没说名字。

“要我说。”他听完后说道，“你还是报警比较好，毕竟是一下子少了十万，有可能她遇到了骗子！”

“会吗？”我紧张反问道，“不会这么严重吧。”

“这样。”他跟着说道，“明天下午我没事，我跟你去找，要是明天还是毫无音讯，就赶紧报警。”

“好！”我情绪突然好了大半，开怀地说。

夜色温柔，照亮着黑色的天空。

“晚安。”我准备下车，对他说道。

“早点睡。”陈云枫回我道，却又在同时拉住了我的手。

我回头的一瞬间，他吻了我的额头。

"周末有个宴会，陪我一起去吧。"他说。

第二天中午，我准时在陈云枫公司写字楼下的老地方等他。

我在想，如果事情如陈云枫猜测般糟糕，我便成了罪人，田驰所说的"助纣为虐"就名副其实了。

"你还在等啊，你是不是智梗啊！"安恩在电话里说我道，然后便气冲冲挂断电话。

他临时有事，脱不开身，让我等一会儿。

"等？"我和桃儿走在去"忆栈无人"酒吧的路上，她说着，"等待的结果只能换来苍老！"

苍老对于女人来说意味着什么？

"意味着什么？总不会比死亡恐怖吧？"

"你错了！"她说着，有点似田驰的口吻，"意味着生不如死！"

我在犹豫要不要给陈云枫发短信，我自己先去找，他完事了再来寻我。

"要不我陪你先去找吧！"不知何时，林川北突然出现在这里，"恩让我来当你的司机。"

"现在已经两点半了。"他说。

"我反对！"我对桃儿说道，"人都说等幸福来敲门、等机会获得成功。"

"谁他妈等一个我试试！"桃儿破口说道，"敲门的那不是幸福，是查水表的！"

桃儿一套套的，自圆其说是她的拿手好戏。

我又去了田甜的大学，被告知她昨晚回过寝室，但是很快又走了。

“你现在心里可以踏实一点，”林川北说，“至少她没出什么大事。”

“可是她这是要干吗？”我问上帝道，“来无影去无踪，毕业论文也不交。”

“再找找吧。”他说着，过了一个红绿灯。

我们去了能办活动的各个地方，一直到晚上七点。

“他的男朋友是调酒师，”林川北说，“要不去酒吧看看，再找找。”

“要是她不在呢，她男朋友长什么样我也没见过。”我垂头丧气地蹲在路边说。

“如果不在，她还能去哪儿？”他说道。

我蹲在前车灯边上，他在尾灯抽着烟。

“还没说呢，”桃儿追问我道，“你为什么要来喝酒？”

我装作听不见，拒绝答复。

“我要没记错的话，”她自问自答道，“你上次主动来喝酒，还是因为林川北。”

“桃儿你闭嘴，喝酒需要理由吗？”

“这世上就没什么东西不需要理由的。”她说道。

安定市的酒吧遍地都是，要怎么找？

“如果她说的是真的，”林川北开着车，穿梭在黑暗的隧道中，“有调酒师的酒吧就不是一般清吧，应该是闹吧的那种。”

“闹吧？”我反问道。

“就是上次你和你朋友去的那种。”他解释给我听，“偏远的地方就不去了，我们从靠近她学校的几个地方找找看。”

“怎么又是你？”桃儿对上回的那个“钟汉良”说道，“你们这儿服务员不换的吗？”

“人家干得好好的，为什么要辞职，莫名其妙嘛！”我挡住她的话说道。

“在这儿上班都要定期换人的，为了不引起客人们审美疲劳，来这儿消费的人每次来都抱着瞧见新面孔的心理。”桃儿对我解释道。

“瞧您说的，比我都懂，怕是你以前也在场子里待过吧？”他不满地讽刺道，激怒桃儿。

“我就是懂，怎么了？你想说什么！”桃儿愤怒地说道。

“我没想说什么，你想说我什么，我就是说你什么。”他甩下菜单，面露嘲讽地说，“上回还说要跟我交男朋友来着，怎么，这么快就找到啦！谁上辈子倒血霉了，说说你给人家戴多少绿帽子了！”

争吵引来围观，底下窃窃私语着。几乎同步地，桃儿愤恨地扇了他一耳光。

“你是不是脑子有病啊！怎么会有你这样的员工！”我跟着骂道，而一个经理模样的人很快出现在中间。

等我回过头时，桃儿已离开。

我跟了上去，却撞见了田甜，她目瞪口呆地看着。

零点整。

“要不报警吧？”林川北对我说。我们跑遍了安定市所有的闹吧，也不见田甜的人影。

“太晚了。”我说，“要不你先回去吧。”

“要报警也等明天吧，你不也说了，只要人安全就好。”我说着，撑着下垂的眼皮。

“你明天还是跟田驰坦白吧，”他说，“她还等着毕业呢，把事情闹大了不好。”

“嗯。”我点头说道。

“我送你回去吧！”

“不用了，”我回他道，“你赶紧回去吧，回头安恩该着急了。”

“大晚上的，我把你丢这儿，她是得跟我急。”他笑着说，开了车锁。

他也疲惫了，左脚离合器几次没踩稳，启动熄火好几次。

“她说的是真的吗？”田甜问我，我俩在路边摊坐着，“我哥知道吗？”

“田甜。”我回答她，“爱是两个人之间的事，你那天不也是跟我这样说的么，与他人无关。”

“这能一样么！”她急着说，“这是欺骗，是不忠！”

“她会和你哥解释清楚的。”我说道，“还有，你哥知道你花了十万，到处在找你，你知道吗？”

她默不作声。

“你马上要毕业了，”我转而又说，“老师说你论文还没交，你是不是发生什么难事了？”

“这些你都跟我哥说了吗？”她反过来问我道，带着嫉恨的目光。

也许是太累，我在途中不知不觉睡了过去。

醒来时，已经是第二天早晨，桃儿靠在枕垫上翻着书。

“睡得可香，姑娘？”她不看我便说道。

“你一大早看什么书呢？”我睁开惺忪的睡眼，突然醒悟似的喊道，“我怎么在这儿？”

“你是不是还想着——”桃儿合上书回我道，“你应该在宾馆里躺着？”

“净扯犊子！”我抬起头说道，看到了她手中的书，《生命中不能承受之轻》。

“土豪陈背你回来的。”她说着，又补充道，“也不对，准确地说，应该是林川北背你从车上下来，土豪陈抱你回来的。”

“你睡得跟死猪似的，”桃儿说，“我关窗帘的时候，从楼上看到。”

“我给你打电话，你没接。”陈云枫对我说道，“我不放心你，所以就去你家看看，碰巧在小区门口遇到了你们。”

“他是安恩的男朋友，”我解释道，又纠正，“是未婚夫，他们下个月要结婚了。”

“我知道。”他笑着说，“骆桃都跟我解释过了。”

“你们还说什么了？”我随意问道。

“哪个你们？”他反问我。

“什么！”我把事情原委如实告诉了桃儿，她吃惊地喊道，“这事你该早点说的啊！”

桃儿急忙给田驰打电话。

而我起床洗脸、刷牙。等着接受群众的批评。

“我只说你男朋友的事情，”我坦白道，“实在是找不到你人……”

“段桥依！你有什么资格多管闲事！”田甜突然情绪失控地尖叫起来，“你是我什么人啊！”

我哑口无言，旁边的人都回头看我俩。

“骗子！你们都是骗子！”她站起身，泪眼矇眬地说。

“田甜！”我喊她，而她却不理会我，独自跑开。

“她年少轻狂，你也不能跟着年少无知啊！”田驰说着，一副恨铁不成钢的无奈表情。

“那现在怎么办啊？”我说。

“报警！”他跟着说道。

“不能报！”我反对道。

“为什么？”

“因为，”因为报警一定会影响到她按时毕业，我心里想着，嘴上却说，“报警总有原因吧？她只是躲着不见我们，而且钱是怎么没的也要先弄清楚再说。”

他冷静片刻，然后说，“桥依，对不起，我刚才火大了。”

“早做好准备啦！”我说道，“你还是想想她能去哪儿吧。”

“还能怎么办，守株待兔吧！”他说道。

接下来一整天，我们仨人乔装打扮着，在田甜的大学里四处转悠，她总得回学校来。

距离话剧演出还有十分钟。我们切换话题聊着。

“还没找到吗？”陈云枫问我。

“无间道不管用。”我回他，“扮演了一天的特工毫无收获。”

“该出现的时候自然会出现，”他说道，“做错事的孩子总有懊悔的时候。”

“可这犯错的代价未免太大了吧？”

“爱不就是要牺牲吗？”他笑着说，然后牵起我的手，“走吧，要开始了。”

演出的话剧叫《车祸之后》，讲述的是一场车祸之后，男主角发现自己生活在两个不同的世界，一个世界里，自己的妻子车祸身亡，而另一个世界里，自己的女儿惨遭不幸。

“你怎么一个人在这儿？”林川北对我说道。

“啊？”我回道，“朋友刚走。”

田甜离开后，我独自坐着。如果我不闹着来喝酒，今天的这些事就不会发生。

我看完话剧回来后就不再出门，可我只想出去转转，也许是受话剧影响。

“你怎么在这儿？”我问道。现在已是深夜。

“我就住这儿附近，”他说道，“离这里不远。”

喔，我记起来了，桃儿第一次带我去“忆栈无人”的那回，他无意间对我说过。

“昨天后来是你男朋友送你回去的。”他继续说。

“我都知道了。”我笑着回他，“还是谢谢你。”

故事的男主角叫做苏贝，是一位畅销小说作家。车祸发生后，他在一个世界里和女儿苏小晨生活在一起，承受着失去妻子的痛楚，而另外一个世界里，他和妻子继续生活着，而两人共同承担着女儿夭折的悲痛。

人们不再去争论男主角是不是有精神病，而是同情他，他一边坚强地应对两种生活，一边隐藏着自己的痛苦——他忍受着两种永别、两种折磨。

“你有心事，能和我说说吗？”

晚风和煦，偶尔从旁边的桌子飘来烤串的香味。

“就像从前一样。”林川北说着，“你说，我听。”

从前？好遥远好悲伤的词。我暗自笑着自己。

是不是一个人越期待未来，越是因为她惧怕过去？

“如果是这样，”他说，“只能说明她有一颗阳光的心。”

阳光的心？我似懂非懂。

“我碰到了田甜了。”我对桃儿说道，她已躺在床上翻着早上那本书。

“我见到了。”她说，“她也在酒吧里。”

桃儿没再问什么，只是冷淡地说，“我已经把酒吧地址发给了他，让他们兄妹俩自己解决吧。”

“桃儿。”我说着，我是该说对不起，还是问一句，你还好吗？

可我最后只喊了她的名字。

“睡觉吧。”她说。

“我送你回去，”林川北笑着说，“陪跑。”

“不用了吧，就几步远。”

“你不怕黑了喔？”

人为什么会有恐惧？我问着自己。就好像我惧怕黑夜，仅仅是因为没有光明吗？

所有的恐惧都来自你的内心，它没有方向。

“跑起来！”林川北对我说道，“会感觉很棒。”

他在前面跑着，不停地回头催促我，我慢慢加快脚步，想追上他。

“你是不是疯了？”田驰冲着田甜吼着，“你去喜欢一个整天泡酒吧的混混？”

“你可以谈恋爱，但是你们学校里那么多男生没一个你喜欢的吗？你非要在外面找这么一个男朋友？你也不怕传出去同学笑话！”

“可是我就是喜欢他，”田甜反驳道，“你不是我，你怎么会明白！我喜欢他身上那股劲儿，随心所欲、无所顾忌，他跟别人不一样，他傲娇。”

“傲娇？就他一个酒吧的混混有什么资格傲娇？”田驰更火大地说道，“他是不是给你下药了，还是你脑子有病了？”

“哥。”田甜急了，说，“那你是不是脑子也有病了？一个酒吧混混总好过在夜场干过的小姐吧？”

“你不认错我忍了，你还胡说八道什么！”田驰凶狠地骂道。

“哥，你还不知道吧，”田甜继续说，“你费尽心思万里长征追到手的骆桃，她是一个酒吧小姐！”

“你再胡说我抽你！”

“你打了她？”我反问田驰道。

他点头承认。

“你太狠心了吧！”

“有点冲动了，”他低沉地说，有些懊悔，又问我道，“但是，她说的是真的吗？”

第二天，田驰果真在那间酒吧逮到了田甜。次日一早，他便在朝阳路上的永和豆浆等我。

他一脸憔悴，昨晚一宿没睡。可是现在却炯炯有神地盯着我看，而那目光中似乎有些寒冷，夹着恐惧。

“事情不是你想的那样。”我镇定地回他。

周末，夕阳还未完全下山。

“你这么早就过来啦。”我对陈云枫说。

“我给你送衣服来了。”他说着，递给我一包衣服，今晚要随他参加宴会。

“我穿你上次给我的那套就好了！”我说。

“那可不成，”他嬉皮笑脸地说，“女人在外面可是男人的一张脸。”

“你怕我给你丢了脸呗。”

“不会，”他打开包，拿出衣服，然后说，“我是怕自己没照顾好我这张精致的脸。”

包里是一套范思哲的礼服，领口还镶着碎钻。

“怎么了？”

“参加一次宴会而已，干吗买这么贵重的衣服。”

“我不是说了么。”他回答我，“不然怎么配得上我这张精致的脸呢。”

“让我穿可以，”我说，“但是衣服我不要。”

“你不要就给骆桃吧，”他说，“我总不能送给其他的女人吧。其实没多少钱，朋友旅游从意大利代购回来，我六折买的。”

第三轮比赛。因为广电政策问题，Best Designer 被迫缩短播出时间，以至于原定的 32 强进 16 强比赛变成了 32 强进 8 强。

“我们还想在节目中多混些日子呢！”我对安恩说道，并和她讨论着她婚纱设计图。

“小姑娘。”她一边看着设计图，一边吃着樱桃，“这年头靠混脸熟是没前途的，照我说啊，除非被潜规则。”

“不对！”她拿着一枚樱桃，又补充道，“被潜也轮不到你俩，还得排老长的队呢！”

“你吃你的吧！小心噎着！”我斥她道，“那可是四分之一的几率啊！”

“要不，我先给我爸那电视台同事问候下，”她吐出核，说道，“争取保你进个 8 强。”

“能不能一包到底啊？”

她回我道，“白日做梦。”

“你还是好好看你的设计图吧！”我不客气地回道。

“咦！”她又一脸惊喜地说道，“这不是现成的作品吗？你拿这个去参加比赛啊！”

“安恩小姐！”我说道，“婚纱不是配饰好吗？”

“可你一个室内设计师怎么能懂配饰设计？”

“我天赋异禀、自学成才。”我高傲地说道。

“事情就是这样，”我最后说道，讲完我与桃儿相遇的经历，“她是什么样的人，你俩相处那么长时间，应该不输于我吧。”

他沉默不语、望着杯中已经凉透的豆浆。

“都冷了，别喝了。”他准备喝，我拿走杯子，却不小心洒了一桌子。

“算了，”他站起身说道，裤腿上淋了一片白色豆浆，“困了。”

他说罢，拂袖而去。

而我喝完杯中的豆浆才离开。

“你今天真漂亮。”马苏走来对我说，“你会是今晚的主角。”

我一手挽着陈云枫的胳膊，一手端着酒杯，十分别扭。

“谢谢！”陈云枫替我回道，又问，“老孙呢？”

“他晚点到，你们玩得开心。”她回他的话，然后我们一起干了一杯。

“怎么了？喝不习惯？”我喝了一口，没忍住，吐了。陈云枫拿去杯子，扶着我说道。

闻之香醇，食之难咽，尤其是对于我这样从未品尝过真正葡萄酒的无产阶级公民来说，只能尴尬出糗。

一口深红色的葡萄酒就这么被我吐在了白色的礼服上，显得非常耀眼。

我惊慌失措地不知怎么办，马苏靠近说，“没事，我带你去卫生间洗洗看，兴许能洗掉呢。”

桃儿回来时我正在设计一款戒指，拿来做这次的参赛作品，可无奈怎么也琢磨不出样子。

“桥依，”她平平淡淡地对我说道，“我想回家了。”

“我想我妈了。”她说。

好的消息是，自从上次之后，她的父亲信守承诺，没再来骚扰她。

“那你放心回去吧，”我支持她的想法，说着，“顺带帮我替伯母问好，下次我跟你一起去医院探望她。”

可是你怎么突然就决定了呢？

“这次回去。”她说着，望着我，眼泪跟着溢出眼眶，“我就不回来了。”

“为什么啊？”我从床上跳下来，吃惊地道，“是不是田驰跟你说什么了？我找那王八蛋算账去！”

“别！你别去，不关他的事。”她拉着我，泪已成行，“我真的只是想家了——桥依，我累了。”

就好像两只马儿，我们好不容易挣脱马棚，脱了缰一路狂奔，就快要到达草原的时候，突然其中一只疲倦了。

你是我的半边天，你一去不回我会有多么沮丧。可我也不能自私地留住你啊。

而另一只马儿也瞬间疲倦了。

她们望着对方，毫无力气。

“你还真洗啊！”马苏惊讶道，我开着水龙头准备洗，“这种奢侈品牌的高档衣服都是洗不掉的。”

我困惑地望着她。

“你也看到了，”她继续说，“看一个男人的成就有多高，瞧他的女人就知道大半。”

我更加困惑地看着她，竟然忘了关水龙头。水哗哗流着，突然溢出。

她关掉水龙头，继续说道，“你挺好的，只是陈云枫需要的是一个体面的女人。”

“就比如出席这种场合，你得能招架得住，男人不仅好面子，你还得为他长面子，否则他带你来干吗。而你，明显与这种场合的气场相排斥，何况你对上层人群的生活习惯和方式一窍不通。”

我听着，未言一语，无法辩驳，她句句在理。

我转过头，看着镜子中的自己，突然觉得好肮脏、好恶心。

“洗不掉的，”她说道，“我去拿件衣服给你换吧。”

“你放心，”桃儿哭红着眼，“等我妈出院了，我会赚钱还你，多久我都还。”

“还你个头啊！”我替她擦掉眼泪，开玩笑说，“而且你欠我的多了去了，你几辈子都还不清的！”

她哭得更厉害了。

“短暂的别离又不是永世的分离，别哭了！等你妈妈出院，我会探望你们的。”

“桥依！”她终于大声哭了出来。

“你们怎么聊的？”我问田驰，他只顾着喝酒，“别喝了！”

跟上次一样，我夺去他手中的杯子，这次没洒。

他依旧默不作声，又打开一瓶啤酒。

“原来所谓的一见钟情、万里长征都是假的，原来你对她的爱如此脆弱、不堪一击！”

我说着，他无动于衷。

“是的，桃儿是在夜场上过班，可那又怎样，谁能保证自己没个过去？何况她跟那些夜场小姐不一样！男人好肤浅，永远只看表象！你当初在机场门口怎么说来着，你忘了吗？”

我继续激他，咄咄逼人。

“你俩多么不容易才在一起的，难道你只是为了一时的欢愉？”

“我没有！”他突然回道，大声地，“我俩在一起干干净净。”

“我没碰过她，我们甚至没有过拥抱，她对我一直若即若离，有段时间我甚至怀疑她是不是真的爱我，还是只是暂时迁就。”田驰说罢吞了一杯啤酒，然后又说，“可是我爱她，所以更尊重。”

“如果我不爱她，”他继续说，无奈地笑笑，“我爱她胜过自己的生命，我不爱她，怎么可能不爱她！”

他哽咽住，停停顿顿地说着。

“也许就是这样，”他又倒了一杯啤酒，说，“是我不该，我的自私，把爱情真当成了自己的作品，不允许有败笔，容不得瑕疵。”

我好像有些听懂，继续默不作声着听他说着。

“我不介意，”他继续说着，“我爱她是现在，是未来，而那些过去，与我无关。”

不仅仅是这件事，他说着，我能明白他的话，田甜的事后来怎么解决的？

“怎么了？”我从洗手间出来，陈云枫站在门口，问我。

“我想回家。”我安静地回答道。

“不就是没洗掉么，”他说，“马苏不是给你拿换的衣服了吗？”

我默不作声。

“你是心疼这衣服吧？”他拉起我的手，微笑着说，“没事，下回注意点就好了。”

我望着他包容的双眼，他在我额头上安慰地一吻。

“你现在要是走了，我岂不是很没面子？”他轻声笑道。

马苏说得对，我不适合这样的交际场合，我浑身感到别扭，始终觉得束手束脚，连说句话都哽咽。

而反观马苏，游刃有余地穿梭在各个角落，她是主角，真正的主角。

“想什么呢？”陈云枫说道，“别担心，跟着我就好。”

我换上马苏送来的一套裙子，深紫色。

“紫色显贵气，”马苏解释道，“而且酒洒衣服上看不到。”

她说着，又替我系上一根项链。

“这项链款式好熟悉。”我不由自主地低声说道。

“怎么？你也有一条？”她在我耳边说道，“这是 Cartier 的新款项链，我这条还是托朋友从法国带回来的，听说是限量版的。”

“不是，我没有，”我回道，“可能是设计图看多了吧。”

“你要能设计出这种款型的项链——”她替我系好项链，说着，停顿下来。

我望着她，她望着我。

“你可以拿去参加 Best Designer 大赛，”她说着下半句，“一定能得奖，国内知道这款项链的人应该不多。”

“这么贵重的项链我还是不戴了，”我说，“你还是替我摘下来吧，我怕。”

“怕什么，”她说，“你分分钟毁了一件范思哲的礼服，这款项链又算得了什么？”

“她这是狗仗人势，狗眼看人低！”安恩气着说道，“狗嘴吐不出象牙！”

“你说话积点德吧你。”我对她说道，“你小心你还有个未出生的宝贝呢。”

“她就是该骂！”安恩继续说，“瞎显摆什么啊！还真把自己当贵族了！她装就装吧，她还侮辱你。”

“她那是冷嘲热讽，是变着法要你剽窃呢！堂而皇之地贬低你的才华和努力！她算什么东西啊！”安恩没完没了地吐槽着。

“好啦好啦！”我打住她，“你别说了，你找我来干吗？”

“还能干什么，”她说罢，拿出我上次留这儿的婚纱设计图，“反馈回来了。”

“反馈？”我反问道。

“是啊，这可不是小事，我得多找几个人参谋参谋。”

“那小姐，您都找谁了？群众们都怎么反馈的？”

“好奇怪，大家态度分成对立的两派。”她说着，“一派以沈大嘴为首，觉得这婚纱特土。”

“你没事给她看什么啊，她就是一张破嘴！”我抱怨道，“那还有一派呢？”

“还有一派啊，就是以你和林川北为主，”她连续说着，“想不到你俩的审美观滚一块去了。”

“那你的立场呢？”我问她道。

她思索片刻，然后说，“我要是从了你们吧，就脱离群众了。群众的眼睛是锃亮锃亮的。”

“那是反光！”我反驳道，“您看这设计和您多匹配啊。”

“小姐您看，浪漫的天蓝色，和您的气质多搭，而且蓝色还是充满幻想的颜色；再说说这大V露肩衣领，保守不失性感，而是心形；最后再看看这低调奢华的镂空裙摆，和这长而端庄的拖尾，您穿着活像一个高贵的公主。不对，是女王。”我自夸道。

“我呸！”她啧我道，“可是你看这腰的位置，你是怕别人不知道我腿短是吧？”

“您真错了！”我解释道，“这是照顾您怀孕的千金之躯呢，不能太紧，不能太靠上。”

“你俩的解释还一模一样，”她最后说道，“真怀疑你俩在背后串通好的。”

田驰讥讽似的笑了笑，终于肯放下手中的酒杯。

“她说她的男朋友要创业，而她也不愿意我们看不起她的男朋友，所以刷了卡帮他。”田驰讲述道。

“要十万创什么业呢，”我问道，“那你见过那人了吗？”

“见了，”田驰回我，“一看就不是什么好东西，还创业呢，我看他就是一个败家的混小子！”

“那你不追回那十万！”

“怎么追？”他自问自答着，“她都快不认我这哥了，真是个白眼狼。”

田驰愁闷地又喝着，我看着，就这么一边凝视着他，一边沉思着。

过去了很久了，已经记不清多久。

那时候也是现在这个季节，初夏，安定市的气候开始变热。温度时高时低。

高三毕业季，距离高考还有半个月。

我们在教室上着课，突然班主任老师进来，大声说，“段桥依，你出来下！”

“你爸被抓了。”在走廊内，班主任老师安静地对我说道。

从那天起我就没进过学校，只要公安局一个命令，我和我妈就得去录口供。他们问什么，我们答什么，有几回被盘问了通宵，出公安局我妈就晕倒了。

我不敢再去学校，我害怕同学们好奇又冷漠的目光，在他们眼里，其实我跟杀人犯没区别。

直到有一天，有人来敲门。

林川北拿着我的准考证站在门外。

“7 号早上我来接你。”他对我笑着说，这是他的第一句话。

我妈每天在外奔波想托关系救我爸，可是，可是虎落平阳，没人愿意帮忙。那天，高考前夕，我妈做了一桌子的菜，我们面对面坐着。都说女儿像父亲，可他们都说我和我妈是一个模子刻出来的。

“依依。”我妈说着，“不管发生什么，你都得坚强。这世上没有人被赋予责任要陪你到最后，只有死亡和痛苦。”

“妈，”我说，哭着，“我不信我爸杀人，他们一定是抓错人了。”

段住桥，是我爸的名字，听着像个女人的称呼。不过在我的眼中，他比女人心思还细腻。听我爸说，我跟他的名字都是祖辈们百年之前就定好的，得遵从祖训，所以我跟我爸的名字听着像姐妹。

“你怎么了？”田驰睁大着眼睛问我，满脸通红。

我说，“没事，只是忽然想起了过去的些事。”

“对了，”他转而问道，“你和陈云枫最近怎么样？”

我低头一笑而过。

我一人独坐着，看着楼下的他们谈笑风生，在这里，我是孤独的。

“这衣服还合身吧？”马苏不知何时从楼下来到楼上，在我身后说道。

“你知道女人活一辈子是为了什么吗？”她问我，坐在了我旁边。

“西方女人与中国女人的最大差别就在于，她们不论何时都比我们优雅，而且这种优雅随着年龄的增长会变得越来越珍贵、越来越有味道。为什么中国人制造不出奢侈品，因为中国人好中庸，好像是与生俱来的。中国女人缺乏独立精神，而独立恰是女人优雅的最重要的特质。”

她说着，我听着。

“男人为了成功，而女人要优雅。”她继续说着，“宁可傲娇地活着，独善其身，也不委曲求全，做男人的一件物什。”

“和一个爱你的男人在一起，但并意味着你心里没有别人。”她又说着，目光锁定在我身上，“这是所有女人的通病。”

她收回目光，露出一丝哀伤。

"任何时候，女人才是这世界的真正主宰者。"她最后说道，"当你是女人的时候，没有一个女人想做男人，这就是原因。"

我竟然不知不觉听到了最后，却也如她一样有些悲伤。

而从那天之后，每天傍晚林川北会背着书包出现在门外。

他会跟我讲老师押宝的一些题型，第二天来的时候还会抽考我。

7号早晨，我妈送我出门，我战战兢兢，居然有些退缩。林川北踩着单车在楼下等我，隔着老远就喊着我妈"阿姨"。就这样，我去了考场。

"我妈的话是有预兆的，9号下午，我考完最后一门回到家中的时候——只有一封字迹匆匆的信，而从那以后，我便不曾再见到我妈。"

我跟田驰说着，但故事里没有林川北。

我从他面前拿来酒瓶，一咕噜喝下一整瓶，任啤酒泡沫溅满全身。

哭嘛！我趴在桌上，只感觉到脸上的火热，以及胸口的狂奔。

直到我感觉到冷，我才抬起头，而桌上已经堆满酒瓶，田驰趴在一堆空瓶中间。

"田驰你醒醒啊。"我摇摇他，碰倒一个空瓶他也没出声，"我只跟你和安恩说了，我连桃儿都没有勇气告诉，你要答应我，答应我不能告诉别人啊！我怕……我不怕他们看不起我，但是我爸真的不是杀人犯，求求你们相信我……求求你们……"

我想去狱中探望我爸，可从未成功。

我成了世上最可怜的人，我甚至不敢在黑夜里开灯，可我怕黑，我只能蹲在窗户下面。我害怕碰到光亮，可我更恐惧黑暗。

直到第二天傍晚，他打破窗户跳进来，踩到我的脚上。

我没有喊疼，一点力气也没有。

再次清醒时，我躺在床中央，盯着天花板。

熟悉的恐惧感再次突袭我的心扉。

“醒了？”林川北的声音，“头痛吧，喝杯姜茶，热的。昨晚你俩都喝多了，我跑步碰巧经过，就把你们都带回来了。”

“他呢？”

“他还睡着呢，在隔壁房间，你俩霸占了我两个卧室，我睡在客厅沙发。”

我从床上爬起，头昏沉沉的，“对不起，谢谢你。”我说。

我去喊醒田驰，可他无动于衷。

“真不好意思，这是婚房吧，被俩酒虫糟蹋了，”我回头尴尬地说道，“我们会收拾好的。”

他笑道，“收拾？你打算怎么收拾好。”

“我给你买两条新的床单和被子铺上。”我说。

这是习俗，婚房在结婚前是不能给别人躺的。

“我倒是提醒我了，是该换新被单了，”他回我道，“只是这房子不是我的。”

“这房子我租的，不是婚房。”

“啊？”我吃惊道。

“我把房子卖了，”他说道，“暂时住在这里。”

我睁开眼，看到了林川北正笨拙地煮着粥。

他端着粥给我喝，什么话也没说。

他陪伴了我一整个暑假，直到上大学，我们各奔东西。

有一天中午，一个陌生的富贵男人敲门，我正坐在沙发中间，靠在他的胳膊上睡着了。

正如我妈信里所说的，会有一个人来给我送一笔钱，足够我读完大学，还有应付未来几年的生活。而同时我将无家可归。

“去我家住吧。”他说，安静地望着我。

我收拾好行囊，其实也没太多东西，两个大箱子，还有一堆舍不得丢弃的照片。

“可那是你家。”我回他。

“可我喜欢你啊！”他冲我喊道，额头的汗珠在往下滴。

“她要离开了。”田驰醒来，我第一时间对他说道。

我说的是桃儿。

“你去吧，”林川北对我说道，“我自己能收拾。”

只是，此刻我是多余的，两个人的爱情只能由两人解决。

我想我确实不该在这儿待太久。

“能答应我一件事吗？”他送我到门口，突然对我说。

我回头，又看到他的额头渗着汗珠。

田驰翻过检票栅栏，闯进候车厅。喇叭正播着各列待出发的火车班次。

人在应激情况下会变得智商加倍，但只有爱会让人疯狂。

“骆桃你在哪里！我来找你了。”整个火车站内外响着田驰的声音，“我弄丢了我这辈子最爱的人，亲爱的，你真的要和我道别吗？”

“我俩不该道别，说好的走到尽头。难道将来，要在坟墓前画上一个教堂，想一想当年，也就是现在，我们为什么不听一听心灵的呼唤。

“我都忍受不了和你短暂分离的痛苦，一辈子这么长，你要让我在爱与孤独中苟活么，还是你也愿意承受着悲伤与痛苦。”

那短暂的几分钟，把持住了所有旅客的心脏，他们聚精会神地听着，看着周围的人群，骆桃，你在哪儿？

“她叫骆桃，樱桃的桃，165 公分，短发，她不戴耳坠，不戴项链。”

他播着寻人启事，引起旅客们的左顾右盼，看似都在忙碌地寻找着。

“有一个叫樱桃小姐的微博，上面记录着我们的故事。”田驰最后大声喊道。

就像是教皇一样，命令着他的信徒，旅客们都掏出手机。

一个人的爱情胜过两个人的爱情，至少在痛苦上是这样。

马苏如是说。

“我爱他。”她说着，“可我让他感到了痛苦，你明白我的意思吗？”

我一愣，点点头。我想，我懂。

“人都是自私的，”她又说道，“除了恨，我们对自己的任何情感都追求公平，我爱你，那我希望你更爱我一点，我对你好，你就得对我抱有感恩之心……”

她说着，冷笑着。

“这就是爱情的世界里，痛苦的根源所在。”

我摘下项链，还到她手中，感谢她今天的帮忙。

不仅是因为她借我衣服，避免让我成为全场的笑料，还是因为与她的聊天排遣了我孤独的时光。

“还在为衣服的事难过呢？”陈云枫问我，他正驾驶着车。

我摇摇头。

“以后的话，”我说道，“我可不可以不来这种场合，我挺不习惯的。”

“行，听你的。”他乐呵道，又问，“她是不是又跟你说什么了？”

我透过挡风玻璃，看着前方，几辆出租车横冲而过。

“我们能说什么，人家挺欣赏你的。”我半开玩笑似的说。

而他却一脸严肃地说道，“她跟孙老板分手了。”

难怪我今天没看到孙老板的身影。我心里想着。

“这女人太可怕了！”安恩声音尖锐地说道，也不顾一旁的出租车司机。

一早，她便催我跟她去取婚纱。

“你小声点！”我轻声对她说道，“别把司机吓坏了！”

“你上回怎么没跟我说。”她继续说道，“你真得离她远点，不对，还有你家陈云枫。”

可我上回已经跟她讲过一遍，我还提醒她来着，穿着婚纱、远离红酒。

只是后来她把话题跑偏。

“也不对啊！”她一惊一乍地又说道，“你家那位怎么跟这贵妇老是沾一块啊！你想想啊，是不是这么回事，你家老陈去哪儿，她就跟着出现，人家孙老板都不来，她凭什么来啊！”

“由此可以推断。”她竖起一只手，严肃认真地说道，“首先她和孙老板不是分手，而是分道扬镳。”

“她一个小三儿，扯什么分手啊！”她吐槽着，又说，“其次，他俩那是分道扬镳，而且是她把孙老板给抛弃了。”

“多厉害的女人哪！你有听说过小三儿主动把男票撕了的吗？”她感叹道。

“其实以她的能耐，完全不需要依附男人。所以你这条不成立。”我推翻她说道。

“你说得也对，她已经是一个对男人无欲无求的女人了，”司机一个刹车，我俩身子向前趴去，恢复平稳后，她接着说，“这就是她真正可怕的地方！”

“比妖精可怕的是女人，比女人更可怕的是丧失了虚荣心的女人。”

她又补充道，可这三句话，我一句也没能理解。

“你住嘴！”桃儿站在播音室门口，对着田驰说，“你是想让我出名还是想我出丑。”

“都不是，”田驰露出笑脸，说道，“我就是想让你出来。”

“我不是都跟你说过了么，”桃儿说着，“我不是 Poy，我永远成不了她那样的姑娘。”

“我也说过了，你是你，她是她，而我要的是你，这就足够了。”

“可你也知道了，”桃儿继续说，“我不纯洁，我还欺骗了你。”

“如果不是爱，你又何必用得着欺骗？”田驰温柔而平静地反问她。

他不知道，她也不知道，播音话筒没关，他们的对话在车站内外直播着。

“如果……”桃儿还想说什么，但是田驰已经抱住她，吻住了她的唇。

“你昨晚去哪儿了？”陈云枫问我，“你不在家，只有骆小姐一个人。”

我早晨醒来，才看到手机上有十几通未接电话，有桃儿的、他的，还有安恩的。

“一个朋友遇到点事，心情低落，我就去陪了陪他。”

我解释道。

他也没问这个 TA 是男还是女。

“以后晚上出门最好还是先给身边的朋友都发个短信什么的，省得大家担心你。”他说道。

“喔！好的。”我应允，又问道，“我们这是要去哪儿？”

“去车站，”他回我道，“我妈来了。”

“怎么不提前跟我说啊，我好歹换件衣服啊。”嗅了嗅衣服，还有残留的酒精味道。

“你没洗澡，昨晚一宿没回家？”

迎接我们的是一个打扮的卡尔·拉格菲尔德模样的人，听安恩说，他是本地最有名的设计师。

“嗨，东方的拉格菲尔德先生。”安恩这样称呼他，“我的婚纱做好了吗？”

“You are just in time。”他回道，操着一口英文，可奇怪的是我居然能听懂，“刚刚新鲜出炉。”

说着，他从衣柜中取出我的作品。

卡尔先生闭上眼闻了闻，一副神清气爽的表情，“闻到没？这味道。”

他嗅动着鼻子，像一只感冒了的哈士奇。我无意冒犯，只是当时我的脑中正是这么比喻的。

“什么味？”我疑惑地反问道，除了真丝、雪纺的布料味，顶多还有樟脑丸的味。

“No！”他突然睁大眼，瞪着我，把我惊了一跳，“是幸福，幸福的味道。”

无聊。我心里吐槽道。

安恩试穿了婚纱，对着落地镜子来来回回看着，自我欣赏着，沉醉其中。

“妞，还别说。”她对我说，“穿上还挺靠谱的。”

“那你就没闻出啥味？”

“怎吗？”她嬉皮笑脸地说，“也是幸福的味道吗？”

“是姐姐我夜以继日的汗水味！”

“还有我的。”卡尔先生突然跟着我的话说。

我本就反感他这山寨的造型，和他不着边际的献媚之词。

我冷漠地盯着他看，他怯懦地说，“本来就有我的汗水嘛！”

“谁跟你臭味相投！”我说道，“恶不恶心。”

“成，我很满意。”安恩换下婚纱，从里面出来说道，“多少钱？”

“10900 块，送新娘手套和头纱。”他回道。

“你怎么不去抢啊！你这比人奢侈品都贵了！做工赶不上别人的三分之一。”我骂道。

“一万年太久，只争朝夕。”他说，“您看这价格数字多吉利啊！”

“我是来买婚纱的，不是来买吉利的！”

“可结婚不也得要图个吉利吗？”

“那你怎么不要个十万零九千，不是更吉利！”我忍无可忍地指责他道。

“好啦好啦，就这样吧。”安恩堵住我伸张正义的嘴，笑容可掬地刷了卡。

“靠！他简直就是赤裸裸的诈骗嘛！设计界怎么会有这种斯文败类！”我仍气不过，不甘心地说。

“你急什么啊，又不是榨你的油水。”她说道，“如果只是做工，肯定不值啦，但是这价格算上你的设计，算值了！”

可是安恩小姐，这一半的钱该进我的口袋吧？

“原来是这样。”陈云枫听完说道。

我把昨晚的经过告诉了他，我们喝多了，幸亏遇到朋友。

“我睡在主卧，他睡在次卧，”我继续说道，“没别的事了。”

他扑嗤一笑，然后说道，“好啦，不用解释太详细，我能不信你吗？”

我总算安下心来。

“我只是好奇你那朋友睡在哪儿了？”

“他睡在客厅沙发。”我回他道。

难得今天的街上不堵车。他降下车窗，一股清新的空气扑面而来。

“要是每天都是这样的空气就好了，可不能让雾霾毒害了老人家。”我说着。

他笑笑，说，“一会儿你见到我妈，你准备说什么？”

“阿姨，您好。”

“就这些？完了？”

我思索了一下，又补充道，“阿姨，我帮您拿行李吧。”

“有我呢！用不着你拿。”

我又思索了一下，“阿姨，您看着可真年轻，小时候一定是个美人胚子！”

“这是称赞吗？”他反问着自己，“我怎么听着这么别扭呢！”

“好啦好啦！”安恩拉着我走到一边说，“我送你一件礼物代替怎么样？”

说着，她一抬手，卡尔拉开衣柜。

“快试试。”安恩笑靥如花。

“可我穿婚纱干吗啊？”

“这是伴娘装啊！”卡尔解释道，“咱能不能不要这么土……”

你才土，你全家都缺土！

这是一套纯白色的抹胸礼服，上面镶着水钻，胸口有刺绣。这是要闹哪样？

“不是我说您……您勉强也算个八成……六成美女，是吧。”还不去死的卡尔先生又解释道，“你自个儿看一下，恁个性感端庄的礼服，是不是？那水钻可都是上等 SWAROVSKI 水晶钻，好不啦？光着这胸口一丁点儿刺绣，就得重复绣五遍，要是有一针一线错了，那就得重来！侬还晓得啦？”

我听着，盯着他那吐沫飞溅的脸。听着像是一个操着北京腔却在大上海长大的时尚先生，可实际上却是个到处流浪的四川人。

“还蛮合身！”安恩前后看着说，“那就这件了，多少钱一套？”

“5888 块。”他说道，估计心里乐开花了。

“那成，”安恩说着，掏出卡，“我要三套，号一样大的。”

“得嘞！买三套给您打 6 折。”他紧跟着便说道，“一共是 10589.4，要不凑个吉利数，10600 吧。”

“你算都不算就要价，”我说道，“打六折怎么还要一万多。”

“我算了呀！”他回我道，“不信那桌上有个计算器，您自个儿算算。”

这货故意的吧，我盯着显示器上的数字，心里暗骂道，这坑给挖得估计连他爸都不放过。

“你要三套干吗？”我瞥了他一眼，转而疑惑地问安恩，“这不用留着换洗吧？”

“你想得美！”她解释道，“一件给你，一件给沈大嘴，两个伴娘嘛。”

“那还有一件呢？”

“给我啊！”她说道，“留着给你俩当伴娘穿。”

“您真是高瞻远瞩，想得可真辽阔。”我‘称赞’她道。

“哎呀！”卡尔先生刷好卡过来，惊叫道，“差点忘了一件重要的东西哦！”

“对了，你送的新娘手套和头纱呢，拿来。”我说。

“哎哟，不是这个啦！”他说着，竟竖起兰花指，“是皇冠啦！少个皇冠。”

我跟陈云枫到达火车站的时候，赶上了好戏收尾阶段。

“在一起！在一起！”群众的呼喊声此起彼伏。

而田驰和桃儿正拥抱在二楼值班室门口，难舍难分地亲吻着。

他们身后站了两个保安，一个表情纠结，还有一个恰似融入其中。

“年轻可真好。”陈云枫抬着头说道。

“哪儿好了？”我随口问道。

“可以毫无顾忌地想爱就爱。”他说。

“那你也不逊色喔！”

“我一直想问你一个问题，”我又说道，他低下头听着我的话，“关于你的三次婚姻。”

“真正的只有一次。”他纠正我道。

他从未和第二任瘫痪的妻子及她的妹妹发生过关系。

“我只是以丈夫的名义照顾她们，”他说，“没有过其他的想法。”

我踮起脚尖，第一次主动吻了他的脸颊。

陈云枫吩咐我在门口等，他去接，免得面对面介绍尴尬。

“跟开演唱会似的，”我大老远在门口就看到田驰和桃儿肩并肩从里面出来，我故意守着，昂着头，若无其事地说，“厉害！厉害！就差粉丝集体下跪了。”

“别装了！”桃儿说，“我是来跟你道别的。”

“你俩要私奔啊？”我惊讶道。

“我们想一起回老家，见见我妈妈。”桃儿说。

“哟！都要见父母啦！看来好事将近喽！”我嬉笑道。

“少贫嘴！”桃儿跟着说，“你怎么在这儿？”

恰这时，陈云枫出现，他的身旁站着一位老人——脸上挂着温和的笑容，眼睛平静而深邃，额头刻着些许的皱纹，虽距离古稀之年还有段岁月，但已经双鬓花白。

陈云枫依次把我们介绍了一遍，然后说，“这是我妈，刚从老家过来。”

“伯母好。”我们仨一并问候道。

“你们也好，”她笑着回我们，然后看着我说，“你就是桥依吧。”

我亦微笑回应。

“别伯母伯母的喊，听着生分，我姓高，你啊，直接喊我高阿姨就成。”

“好了，妈。”陈云枫插话道，“您坐了五个小时的火车，累了吧，我先带你回去休息。”

“我不累，一点都不累。”高阿姨说道，“我就是饿了，你看现在都中午了吧，大伙一起吃个饭吧！”

“阿姨，真不好意思，”田驰回应道，“我跟骆桃还得赶下一班火车，要不这样，等我们回来啊，我们请您怎么样？”

“也好也好，”高阿姨说，“路上要小心啊。”

“看不出来啊，”桃儿电话里说着，“土豪陈的妈妈居然会是这么通情达理的老人。”

“人家好歹以前是人民教师好不啦！”我说道，“对了，你妈妈还好吗？”

“比我预想的要好，”她回我道，轻声细语地，“我妈她醒过来了。”

“真的！太好了！”我惊喜道，“那你带田驰见过你妈了吗？”

“还没呢，”她说道，“等过几天吧。”

“为什么啊？”我不解地问道。

“他说，他说要当着我妈的面儿跟我求婚，说是冲喜。”

“鬼才信他！分明是搭顺风车嘛！”我说道，“不过他这车搭得漂亮！”

“别说我。”她转而问我，“你那边什么情况啊？”

“桥依啊。”高阿姨握着我的手，轻声地说，“枫儿都跟我说了，只要你不嫌弃他。”

“枫儿是个心善的孩子，他虽然结过三次婚，但只有第一次是真正意义上的夫妻，我是他妈，我从小看着他长大，他老是看不惯别人受委屈。”

“你说吧，他自己过得不怎么样，还天天惦记着比自己过得不好的人。”高阿姨说着，一脸的无奈与骄傲。

“阿姨，我都知道。我没有什么嫌弃不嫌弃的，何况那些都过去了。”我说道。

“有你这句话我就放心了，”她笑眯了眼，又说道，“你放心。”

她放低声音，悄悄地说：“我不习惯住在大城市，枫儿他不放心我，非要我搬到城里来，可我也知道，现在年轻人都需要有自己的私密空间。我啊，也就是想来让他安心安心，顺便看看你，我这已经放心了，我才不要跟你们挤在一起哩！”

“高阿姨您别这么说，”我说，“您看您现在都退休了，一个人在老家也没人照顾，还是住在这里吧。”

“真不用。”她倔强地说，又问我，“你的父母呢？”

“我爸妈他们，他们不在这里。”我吞吞吐吐地回道，只感觉一阵心虚，脸上火辣，背后又是一阵荒凉。

“哦，没事，来日方才，总有机会见见的。”

“干吗啊，瞧你那表情，跟个怨妇似的。”安恩说我道，“我可跟你说了，这皇冠的事就交给你了。”

“啊？”我回道，“你让那山寨版的拉格菲尔德给你预定一个不就完了吗？”

“你懂啥！”她数落我道，“皇冠是幸福的合力，少了谁也不能少了它啊！能随随便便找一个么！”

“我都帮你想好了，”她继续说道，“你不是比赛在即了么，一石二鸟啊，你就拿着这枚皇冠去参加比赛啊，皇冠是配饰吧，一定很多人想不到！”

“可我也没设计过这玩意儿啊！”我抱怨道，“别一石二鸟没弄成，回头变成一尸两命！”

“我就知道你会自暴自弃！”她指着我说，“我给你找帮手啦！”

“他在法国就是攻读西方设计课程的，”安恩一脸阳光地说着，“我啊，就要戴着我老公给我设计的皇冠，象征着爱的光辉，还有至高无上的妻子权力！”

她说罢，突然举起右手站了起来，模拟着一个缩小版的自由女神像。

我把她拉下来，“老佛爷您还是让臣妾省点心吧，挺着个肚子的，我可负担不起。”

“这事就这么定了！”

6　一个灵魂被分成两半

如果故事只到这里，似乎一切就都完美了。

当一个多月后的现在，那天是七月七日情人节，本该安恩和林川北结婚的日子，我孤独地站在雨中，周围没有人，只有我和我的灵魂，连影子都看不见。

可完美的故事需要完美的人来扮演，这世上会有完美的人吗？

如果不完美就意味着有残缺，而残缺就代表着有伤痛。当我与我的灵魂在雨中彼此对望的时候，我就明白了，明白了马苏说过的那句话，一个人的爱情终究胜过两个人的爱情。

就像我们不能抱怨死亡之于生命，所以我们追求爱之于生命的真谛。

而痛苦，只要发生过的，只要是回忆，都是痛苦的。

那一刻，不仅我的周围没有人，我的整个世界都空旷了，只剩我的灵魂陪伴着我。她安慰着我的痛苦，却让我感到沮丧，可又无可奈何。

当爱情的灵魂再来敲打我的房门
我说，滚开吧，但是还是请你先进来
你代替不了幸福
却赋予我职责
我以前喜欢和你啰唆

而天知道，你是故意没把话说完
而我也不想听
现在，我请你进来
请进来吧
我们谈一谈，经历过的折磨
而我与我相爱的恋人哪
曾经是多么怨恨你

“不如咱仨一起结婚得了。”安恩说道。

那天，我、桃儿、安恩三人坐在一起喝着咖啡，咖啡厅内轻声播放着莱昂纳尔·里奇的《say you say me》。

“那我们多不划算啊！”桃儿说，“你跟林川北都准备了好几个月了，我们还一点准备没有呢。”

“我呸！我看你俩是恋爱还没谈够吧！”安恩唇上沾着牛奶说。

“是啊，我们还打算谈个十年八载的，可不想那么快躺进爱情的棺材里。”桃儿搅拌着咖啡说着。

“对了，明天不是你们的晋级赛吗？”安恩转而又问我。

“皇冠比较注重视觉感受，”林川北对着PPT对我讲道，“我们一般有山字型、凸字型、皿字型，当然现在新奇的种类太多了，也都很有创意。”

“其中山字型是最经典的新娘皇冠，整个皇冠的重量及视觉中心都集中在中央，整体设计严格讲究对称美，所以称作山字型。介于这样的原因，中间部分的设计必须瑰丽华美，它能凸显佩戴者的大气华贵之感，搭配奢华高贵的礼服尤为彰显。”

“而且这种设计的包容性很强，”他说着，“配随意脸型和身材的女子都不显违和，除非——”

“啊？”

“除非是赵本山那样的脸。”

我差点没反应过来，他的最后一句是玩笑话。

“凸字型的设计偏于端庄稳重，一般适合成熟女子。”

“那这不适合她了。”我突然插话道，而他愣着看我，“我的意思是显老。”我补充道。

“一般模特都会佩戴这种，”他继续说，“能让身材高挑的人显得内敛、优雅。”

“那皿字型的呢？”我问道。

“皿字型一般采用环形设计，每一面都以精细加工取胜，打造全方位的美丽。”

“360 度无死角。”

“它是皇冠中最隆重，也是最传统的类型，”他继续讲解着，“但是忌方脸。”

“国字脸？”

“是的。不然看上去像座城墙。”他解释道，把自己逗笑了。

“要这样说，哪一种最适合安恩呢？”我稀里糊涂问道。

他似阴险地笑道，“不，我们不用这三种。”

“我希望你们败下阵来。”安恩似认真地说，“我可不想真戴那玩意儿结婚。”

当我把设计好的“作品”给安恩戴上，她直接说，“这是皇冠还是鸡冠啊？”

“你要能凭这玩意儿晋级了，我就戴着它结婚！”安恩打击我道，最后变成了我俩的赌注。

“这事一巴掌拍不响，”桃儿说，“林川北不是当军师了么，你那么信任他，这点信心还没有啊？”

“我丫当时是脑子犯浑了！”安恩怨恨道，“我忘了你俩婚纱那事的教训了，就不该把皇冠这码子事交给你俩！”

“我看你和林川北比我跟他合拍多了，要不你放弃老陈，我不介意咱俩两女侍一夫。”安恩口无遮拦地说。

“可怜的土豪陈就这样被无情抛弃了啊！”桃儿跟着说道，“要不你俩换夫得了。”

“你少在这儿没心没肺的，”我回桃儿道，“你可别忘了，你分分秒秒有一个完美情敌。”

我指的是 Poy。

“你也有啊！”她俩居然异口同声地说道。

当然我也知道，她们说的是马苏。

“你试试吧。”

从设计到加工，都是林川北全权负责，而我只是打酱油的旁听生而已。

“不用了，”我说道，“我看看就成。”

它躺在狭小的盒子中，看上去特别精致。整整经过一个礼拜时间的打磨，早晨才被快递师傅刚送上门。

“你戴着吧。”他说，“我看着有立体感，说不定我们忽略了一些细节。”

他帮我戴上了这枚小巧的皇冠，我忽然想起了他以前帮我擦泪的画面。

“干吗低着头，”他对我说，“看我这儿。”

他说着，在嘴唇间竖起一根食指。

黑暗精灵不知道

光明使者也不知道

早在很久之前，他们双眸交织的瞬间

便埋下了万劫不复的恶果

“段小姐，”桃儿在电话里跟我说，“你知道女人天生有一种预感吗？”

“第六感谁都有。”我说。

“别扯！”她斥我道，“我说的是真爱来临的时候。”

“看来你已经带田驰见过你妈妈了，”我说，“别磨叽，说。”

“他那甜言蜜语的，哄我妈比哄我还厉害！”桃儿说。

“关键是你妈怎么说的他？”

“不过他那招儿还真好使，”桃儿又转移话题道，“医生说我妈病情恢复得特别快，过两天就可以出院了。”

“不带你这样猜谜的！”我似生气地说她，“你的意思是他已经当着你妈的面向你求婚了。”

“嗯。”

“我靠！”我惊道，“你就这么乖乖地缴械投降了。”

“嗯。”

“你妈一定说这孩子孝顺又贴心，百里挑一的好男人哪！”

“嗯。”

“那你妈有没有择日不如撞日，明儿就把婚结了。”

“嗯，啊？”她反应过来，说道，“滚蛋！”

“我看她就是贼心不死，”安恩说道，“这女人后来有没有找过你？”

“没有，谁整天闲着没事。”我喝着果汁，嘴巴松开吸管说。

“你还真得注意点，”安恩继续说，“还有你家老陈，你就没查查岗？”

“你看哪，都说离过婚的男人是个宝，何况陈云枫是个成功的宝。

那外面一群少妇还不都抢疯了啊！还有啊，不仅如此，你还得提防着点那群丫头，整天到处觅大叔的那种。”安恩一句一句地说着。

“原来土豪陈这么吃香啊！”桃儿跟着搭腔，“老少通吃。”

“爱谁谁！”我咬着吸管说，“走自己的路，只要别挤着我的路就成。”

“晚上来我家一起吃饭吧，”陈云枫电话里跟我说，“我妈烧了一桌子菜。”

“干吗这么费事，”我说，“别让她累着了，眼睛都不好使。”

“你怎么比我还了解我妈，”他说，“对了，我可能晚点回去就不去接你了。”

“没事，我自己坐车过去。”我答道，“好的，拜拜。”

我挂断电话，摘下头上的皇冠。

“做工还算精细，”林川北先说道，“基本上没有二次加工的痕迹，和预期的差不多。”

“安恩见了一定欢喜得不得了。”

“那可不一定。”他笑着说，“你忘了婚纱的事了。”

“是喔！每个人的品位都不一样。”

“设计就是这样，”他说道，“我们没办法统一每个人的鉴赏眼光，但是……”

他说着，接下去的那段话不仅折服了我，也征服了晋级赛的评委老师。

“但是我们会赢得更多的赞赏，”我对着台下的老师和观众们说道，想着林川北的原话，“每款设计就如同画家水墨下的作品一样，它是有灵魂的，即便是针对大众消费者的设计品，而对于设计者来说，它的灵魂始终如一，而这些只有设计自己知道。”

“如果婚姻是幸福的起点，那么这皇冠便象征着幸福的合力。这是一款简约型皇冠，它打破了传统的限制，舍弃了过多的修饰，只是单纯的、极致简约的线条，反而能与多种风格的婚纱和各具气质的新娘匹配，尤其适合时尚前卫、活泼开朗的姑娘们。”

我讲解着，一手托着皇冠，而桃儿站在我身旁。

我说完的时候，她在背后对我竖起大拇指。

台下掌声雷动，却出乎我的意料。

“能为我们戴上它看看吗？”主评委老师对着我们说。

“当然可以。”桃儿回道，说着转过身为我戴上这枚皇冠。

“我不得不夸你，”桃儿悄声对我说道，“今天是我见过最美的你。”

“你作为设计者，当你亲自佩戴上这枚皇冠的时候，我只想到了四个字——浑然天成。”主评审老师又说道。

我听着观众席传来的掌声，却不敢面对直播的镜头。

让我惊喜的是，我们的票数超过一百万，成功晋级到了下一轮——也就是最后的总决赛。

“我送你过去吧？”林川北说道，“现在这个点地铁上应该很堵。”

他把皇冠小心翼翼地装进盒子，完整地交给我。

“预祝你晋级成功！”他笑着说。

可我知道，我只是一个学生剽窃了老师的作品。

“还是我自己打车过去吧，”我说，“这里离得不远。”

“那行，”他说，“我先走了。”

从梦想屋到陈云枫家，我至少得倒一回地铁。

等我到陈云枫家门口的时候，天色已黑，接近七点。

我在门口给陈云枫打了电话，我说我想在楼下等你回来，一起上楼。

“怎么，你担心我妈把你吃了？”他说，“赶紧进门，别让老太太看到了。”

可我还是在楼下等着他，然后挽着他的胳膊上了楼。

“枫儿说你早就到了，”高阿姨说，“我还盼着呢，你俩就一块回来了。”

果然如陈云枫所言，高阿姨做了一桌丰盛的菜肴。

“阿姨您手艺真不错！”我说道，“这味可真香。”

“你是说对了，”陈云枫跟着说，“我妈年轻的时候可是乡里出了名的大厨，那时候大家都不喊她老师。”

“那叫什么啊？”我问道。

“勺子西施。”

“你别听他的，”高阿姨给我夹菜道，“没那么夸张。来，多吃点。”

“其实他讲的也没差啦！”我说，“您在年轻的时候一定是个美人。”

“瞧你俩这一唱一和的，”她跟着说，“用一个成语形容再恰当不过了——夫唱妇随。”

“妈。”陈云枫说，“我们还没到夫妇那关系呢，您别乱说。”

“对对对！是我错了。”高阿姨自我责备道，“桥依啊，你别往心里去。”

“不会。”

“所以说，土豪陈也当着他妈的面向你求婚了？”桃儿敷着面膜，对我说道。

她已经和田驰从老家回来，碰巧她网购的面膜也送到了。

“我涂 BB 霜都比这面粉皮儿强！”我点点头，然后说。

“你不觉得你俩发展太快了吗？”她说，“算上认识的时间，才三四个月而已。”

“那你跟田驰不一样啊？”

"这能比吗？"她辩驳道，"不是因为有你么，我们起步就不是零关系值好吧。"

"你跟陈云枫相处才三个月，之前那就是陌生人，你了解他，他了解你吗？再者说了，我觉得你俩的感情还没到谈婚论嫁的地步。"她认真地说道。

"为什么？"

"不经历风雨怎么见彩虹，"她继续说，"你俩的感情历练还差点。"

"那啥才叫感情的历练呢，学着田驰百步穿杨、万里长征的本事，还要不顾生命地给你证明一次？安安稳稳不也是很好吗？张爱玲不是说么，平平淡淡才是真。"

"打开看看。"陈云枫递给我一个小盒子，从外观上看很别致。

"早就订了，今天刚好，我下班就顺便取回来了。"他笑着说。难怪他说可能要晚点回来。

"什么东西啊，搞什么神秘？"高阿姨在一旁说道，"桥依你快拆开看看。"

我打开盒子，里面是一枚刻着 Darry Ring 字样的戒指。

"我也希望用一生给你唯一的承诺，"他说，"希望你不要太介意。"

我看着戒指，里面刻着我名字的字母，说不出话来。

"你这也太突然了，"高阿姨说道，打破沉寂的氛围，"也不给人心理准备，连我都惊吓一把。赶紧先收起来吃饭。"

"这就和我们不同，"桃儿说着，"他这是当着他妈的面儿逼你就范呢。故意将你一军。"

"我呸！"我说，"那田驰不是将军哦？"

"可我心甘情愿地答应了！"桃儿摘去面膜说道，一脸的白水。

"你以后化妆品还是去专卖店里买才好，"我说她，"万一里面加了什么急性药水，你到哪里兴师问罪去。”

“虽然没去现场给你加油，不过我跟北北可是在家里看了比赛的直播，”安恩说道，以橙汁代酒敬我跟桃儿，“你俩真是有范儿，一夜之内晋升为国民女神。”

“你少口蜜腹剑的，”我说道，“我们顶挺多是国民好组合。”

比赛过后，我们“樱桃小姐”微博的粉丝量连夜翻倍，已经有500多万。

“别卸磨杀驴啊，”田驰自我邀功道，“这可是我一手缔造的神话。你们得感谢我。”

“有你什么事啊？”桃儿说道，“比你那两次惊险重重、铤而走险，我们这次可是稳打稳扎、势如破竹。”

“可不带你俩这样灭自家威风的。”田驰愤愤不平道。

“没什么自家不自家的，我们都是相亲相爱的一家人！”安恩吆喝着，“来！一家人干杯！”

跟上次一样，林川北坐在我的对面，只是这次少了田甜。

“陈云枫怎么没来？”安恩问道，“腕儿好粗啊，三令五申的都不来。”

“他去北京出差了。”我解释道，又说，“再粗也比不上您的腰啊。”

“那这次能顺利过关，必须要谢谢你。”桃儿敬林川北道，“您这回可是我们的恩人，对不对，段小姐？”

桃儿又拉着我一起说道。

“侥幸而已，”林川北亦站起身说道，“如果是我，可能早被淘汰了。”

“为什么啊？”桃儿问道。

林川北轻笑道，“我没那么多粉丝。”

“对了，”田驰跟着说道，“那天晚上我们喝得多了点，谢谢你照顾我们。”

田驰说这话的时候，望着我——等于在说，那晚我们三人在一个屋过夜。

“你是不是缺心眼啊！”

散席后，田驰、桃儿和我三人走在路上，我指责道。

“这事能这么说吗？”

“我就是想实话实说么，”田驰自我解释道，“何况本来就没发生什么。”

“你是睡死过去了，你怎么知道人家没对她做什么事？”桃儿指我说道。

“你们要这样想，这不是明摆着要无中生有吗？”田驰大声说道。

“关键是，”桃儿说，“你是男人，她是女人，任何一个普通的女人都会这样想。”

他是怎么弄她回去的？是背，是抱？他有没有帮她脱衣服，哪怕是脱鞋！

“你们竟然还有这事，”安恩吃惊地说道，转过头去问林川北，“你怎么没跟我说啊？”

“我都快忘了。”林川北回她道，然后对田驰说，“小事而已，不用谢。”

“我更好奇的是，你俩怎么会凑一块喝酒？”安恩又对着我和田驰问道。

“还不是因为我妹妹田甜的那事，再加上那天我跟骆桃吵架了。”田驰先解释道。

“那桥依你呢，也喝得很醉？”她又问我。

“人家是海归，思想没那么狭隘，而且总不至于跟自己最好的闺蜜吃醋吧。”田驰说道。

“吃醋不吃醋不清楚，”桃儿说，“但是你这话就不该说，你想想啊，我们四个人都知道，就她一个人被蒙在鼓里，要是林川北跟她说了也就好了，偏偏他问心有愧。”

“问心有愧？”田驰打断她的话，反问道。

“不对，是偏偏就忘了没说，”桃儿赶紧修正道，“要是你，你会怎么想？”

田驰被桃儿说到默不作声，思索一会儿后紧张似的说，“看来我是犯错了。他俩回去不会因为这事吵架吧？”

“不会。”我肯定地说，“她才不会是这么小心眼的人。”

“何况，林川北是什么样的人她比我们要清楚，她顶多是对着林川北假装吃个醋、生个气啥的。”

“是啊，”田驰又不合时宜地插嘴道，“我忘了你那晚为什么也喝那么多酒的。”

其实那晚我跟田驰说了很多秘密，只是他喝醉着，不曾记得。

“我只是想起了过去的一些事。”我回答安恩，只有她懂。

“你俩碰一块，同是天涯沦落人，不醉不罢休的节奏。”安恩最后说道。

安恩想要用酒敬我们，被林川北挡了下来，而我们敬安恩的酒也由他代喝了。

与上次不同的是，这次我们没在海边，考虑到安恩不能被海风吹，我们在一家老饭馆里。

这间老饭馆有很多年头了，我记得从我来安定市的时候，它就一直在，靠近我家不远，生意不好不坏，我爸那会儿每逢周末，便会带着我跟我妈来这里吃饭。在我的记忆中，他很少有应酬，也没什么班要加，算是最闲的官了。

“田甜那事后来怎么说的啊？”

晚风吹着街道，我们从饭馆出来，沿着这条路向前走着，不着急回家。

他俩说着话，我在一旁边走边听。后来怕偷听到他俩的情话，我干脆走在前面两步。

“还能怎么说。”田驰回她道，独自唱道：“原谅我这一生不羁放纵爱自由，哪怕有一天会跌倒……”

老实说，田驰唱歌从不着调，但是每次都感情丰富似的。

一阵冷风袭来，我抬起头，不知不觉已经到了我原来的家。

灯没亮，窗帘开着，兴许是它的主人还没回家，也不知道这里现在住着的会是什么人，是一个人、两个人，还是一家人呢。

冷风吹来又走，却没带走我的微醺，我停驻张望了一会儿，他俩还在后面慢慢走着。

八年了吧，我想着，这里的一切还是老样子，路边围墙下面还是那个狗洞，流浪的阿猫阿狗都知道从这里溜进小区。只是这么多年来，一直没人忍心填满这洞。

有一天，林川北抱着一只棕色的小猫来到我家。

可怜的小猫断了尾巴，他就在狗洞那边捡到的，它发着低吟的哀叫声，碰巧被他撞见。

“你说猫尾巴断了还会长吗？”我蹲在一旁问他，他正认真地替小猫包扎着伤口。

“不知道，但是我妈说壁虎断了尾巴还会长，而且更长。”他回我说。

虽然后来有一天，这只猫从我家跑了出去再没回来，我仍然相信着它的尾巴一定会长。

周末，今天是个特别的日子。

我探监的申请，八年来第一次被通过，我走在去监狱的路上，眼泪一直不受控制地往下流，以至于我不敢打车。

忽然收到林川北的短信：你忘了我们的约定。

他正站在前面的路口。

“你打算就这么走过去看你爸吗？”他问我，一只手开着车，“其实也对，八年都熬过来还差多走几个钟头么。”

我们的约定是什么，他曾安慰我说，我会陪着你到你爸出狱，到时候我跟你一起去接他。

“你怎么知道的？”我问他。

他没回我，继续开着车，单手。

“你在哪里碰到的，会不会是你看错了？”我怀疑地问安恩。

“我去医院孕检啊，”她讲着，“就在医院门口，她从老陈的车上下来，站在门口等他。”

“你看到他人了？”我追问道。

“没有，”她说，“这要正面撞见了多尴尬，我只是当作没看见她从车上下来。”

“那你说那些话是不是太过分了？”

“那还叫过分啊？那算是轻的了。”安恩趾高气扬地说。

“你就是马苏吧？”安恩走上前问道。

马苏穿着一袭深蓝色连体裙，莫名其妙地看她。

“别看我，你不认识我，可我认得你。”安恩先声夺人，“你这套衣服应该是唐纳卡兰去年款吧。”

在这话题上，也只有她俩能棋逢对手。

“看你年纪轻轻，见识挺广，”马苏开口道，“说吧，你是谁？”

“我是谁不重要，重要的是，”安恩眼神凶狠地说着，“你当了别人的小三，现在又勾引别人的老公。你不觉得自己有点放荡吗？”

“可她居然毫无反应，反而笑着跟我说，”安恩对我说着，模仿着马苏的语气，“‘我放荡？你不如直接说我是破鞋得了，您说呢？’”

“她真是不要脸到家了！居然还‘您说呢’，她怎么好意思啊！”安恩跟着唾弃道。

“那是你言过其实了，人家才不在乎的。”

“你是不是真脑梗啊！是不是等到捉奸在床你才信啊！”安恩缓了口气，继续说，“当然了，也许他俩是没发生什么，但是两人一起去的医院假不了吧？我觉得你这事可以从侧面问下老陈。”

“他要是撒谎呢？”我反问她，“我也不知道他说的真假啊！”

“他要撒谎就说明他心虚呗！”安恩喘着气，叹道，“哎！其实也难怪，有多少男人面对马苏这样的女人能控制住自己呢。”

“好啦，我自己知道怎么做。”我最后说，“你还是多操心你的小宝贝吧。对了，你孕检怎么样？”

“一切稳定，坐等天使降临。”

我们到达监狱门口，里面走出一位中年男子来迎接。

“舅舅。”林川北称呼他道，“我们来了。”

“等你们一早上了，”他说，“这位就是段小姐吧。”

“是的，”他替我回答道，又说，“这是我舅舅，姓华，这里的副狱长。”

原来如此。

华狱长带着我从一个通道进了一个狭小黑暗的屋子，而林川北只在门口站着。

“你不进去吗？”华狱长问他。

“不，”他回道，“我不方便，她一个人就好了。”

华狱长叹息一声离开。

他替我关上门，顷刻间黑暗无边。

“等等。”我喊道。

“对不起啊。”我对陈云枫道歉道。

“怎么了，干吗突然说对不起？”他诧异地问道。

“那天在你家，我……我不是故意的。”我解释道，指的是戒指的事。

“那事怨我，”他微笑说，“该提前和你商量的，太突然了，你不接受是正常的。”

我想问，一直纠结着，最后还是放弃了。

“改天我请你的朋友一起吃饭吧。”

“啊？”

“怎么？是你不愿意还是怕你的朋友不愿意？”

“没有，”我说，“他们都爱折腾，我怕你不习惯。”

“没关系。只要你不爱折腾就行。”他说。

其实我只是担心安恩那张嘴会说漏。

差不多五分钟之后，屋子的另一侧角落里的一扇门开了，只能看清一个穿着短袖的阴影在那儿站着。

“爸。”我轻声喊着，连我自己都不曾听到。

灯突然全亮。

我看到一个满头苍白短发，腰身有些弯曲，面容憔悴，眼眸深邃的人，若不是他眼眉上的那颗痣，我很难认得出，他就是我的父亲，段住桥。

“小段。”他如很久之前那般喊我。

"老段！"这次我喊得很大声。

我奔到他的身旁，而他却挡住我。

"我身上不干净，还有味，别给你也弄脏了。"

"不！爸，您一点也不脏！"我说。

"他就是林川北吧？"林川北站起身，我爸说道，"你在信里跟我说过，我记得。"

一直到大学毕业，我每月都会给监狱寄信，虽然得不到回信。直到后来我的信被退回来。

"这都得感谢华狱长，"我爸述说道，"都是他私下里把信偷偷送给我，可是后来这里拒收陌生信件，好多信都被退回去了。"

我听着我妈的建议，一直用匿名的方式写信。

"你妈呢？"我爸终究还是问了。

可我长期以来都没能想到"最正确"的解释方式或答案，无论是给我自己的，还是此刻告诉我爸。

"段叔叔。"林川北在我之前突然回答道，"阿姨不在了。"

"阿姨在六年前的汶川抗震救灾中牺牲了。"他说着，"她参加了安定市救援志愿者小组，我们应该阻止的。"

"你为什么那么说我妈？"我问林川北，我们已经在从监狱返回市区的路上。

"还有比这更好的解释吗？"他说。

"可要是我妈还会回来呢？"我平静地说。

"那就是奇迹。"他回答道，"地震中的奇迹。"

"不！"过了许久，我爸转回身，抹掉脸上的泪痕，"她死得光荣，死得其所！"

"是的，叔叔！"林川北跟着说，"阿姨是我们年轻人的榜样。"

“还有半年，差不多到年底，狱长说我表现优秀，替我申请减刑了，我加油，希望在年底之前出狱。我爸说着，几度哽咽，弄得我也泪眼模糊。”

“爸，您别说了，”我说，“我等你出狱，到什么时候都等！”

尽管他不太刻意地隐藏，我还是发现了。

他是个心思缜密、做事小心的人。

“你那只手怎么了？”我问他道。

自始至终，他的左手一直放在腿上，很少挪动。

“没事。”他说，“昨晚跑步摔了一跟头，可能伤到了骨头。”

“那你怎么不去医院查啊？”

“查啦！”他说，“昨晚就去查了，医生说没太大问题，这两天少使唤它就成。”

返回的时候已经是傍晚。

沿途都算空旷，很少有车经过。除了未开发成功、被废弃的一些房地产工程，就是一座座颇具年代的工厂。

“谢谢你。”我对他说道，没注意车子刚驶到一片墓地外。

或许是该谢的东西太多了，我无从说起，只能三个字简单概括。

他不禁踩一脚油门，想快速驶过这片阴森的地方。外面有些风，墓地外面的一排松柏树随风摇晃着，虽轻盈，却让人不寒而栗。

“我们在学校社团里认识，”他说着，“后来经常参加活动，慢慢熟悉起来。”

我也曾听安恩说过，不过在她的版本里，她先爱上他的。

“她说，”他接着说，“你们在大学里有过约定。”

我回到家中的时候，已经是晚上十点多钟，而差不多十分钟后，桃儿也从外面回来。

她见我一惊，“你怎么不吭声啊，吓死我了！”

“你去哪儿了？”我们异口同声地问对方。

居然又同时哑口无言。

我疲惫地躺在沙发，电视上重播着巴西世界杯开幕式，她在卫生间冲着澡。

应该过去很久，桃儿喊醒我，这时候开幕式已经结束。

我竟然会不知不觉沉睡过去。

“你是不是今天跟林川北在一起？”她洗完澡，穿着长 T 恤站在我面前问我。

“你怎么知道？”

“猜的，”她说，“你的忧伤都写在脸上呢。”

“可这和他有什么关系？”

她蹲了下来，轻声说，“因为你现在的状态，和第一次你见他回来时候的情景一模一样。”

“饿一天了吧？”

他在一条街边停下车，这里离我住的小区只隔着两条街，当然离他住的地方也很近。

“这家做的面特别好吃！”他给我介绍道，我们站在一家叫做“土家面馆”店铺前。

小小的店铺，只能容纳十来个人，只有四五张桌子。

虽然空间不算太大，可是却不使客人感觉到拥挤，可能是梯子型结构的原因吧，给人一种敞亮的感觉。而同样的，天蓝色的天花板配灰色的地板，墙壁似倾非斜——可却不显违和。

因为职业毛病的缘故，我总爱打量着身边的一切，尤其是室内设计。

“是不是觉得这里很有创意，”他问我，“其实老板根本不懂设计，这地基都不平，所以看着墙是斜的，只是歪打正着，因地制宜，却想不到产生了神奇的效果。”

其实最好的设计是随心所欲，就像一个画家，随笔勾勒，轻描淡写的一幅画作也许会胜过精雕细作的一件艺术加工品。不在于精致，无关乎完美，只要是从心出发，再回来心里。

“你那最后一刀并没有斩断你们的情丝，”桃儿说，“你们注定今生藕断丝连，纠缠不清。”

“你说得太恐怖了，”我说，“他有他爱的人，我也有。”

“可谁又说，”她看着我，停顿下来，一脸深情地说，“人不会同时爱上两个人。”

“他会，你也会，我们谁都会。”

桃儿忘了她一开始就否定了这样的答案。

如果一个人心里装满了一个人，不可能有空余的地儿去存放别人。

“但如果不是装满，是堵着呢？”她反问我。

也许堵着的这个人，你想从心里排放掉的这个人，才是你思想最依赖的人。

我们爱上一个人可以没有理由，但也可能有各种理由，也许我们孤独了，也许我们学会思念了，又或者是我们恐惧了，想安定了，想平平淡淡走完这一生了。

“你为什么拒绝土豪陈？”桃儿追问着我。

“我觉得太快了，来得太突然。”

“那如果三五年后，你会答应土豪陈的求婚吗？”

“会吧。”

“你没想好现在，却已经想好未来，你不觉得很荒唐吗？”她一字一句反问我。

一个人的爱情终究打败了两个人的爱情。

“你俩有句未说完的话。”桃儿最后说道。

田甜今天毕业，她要我们都去参加她的毕业典礼。

“今天是个特殊的日子，”我说，“你该和你的同学一起度过，我们去不是浪费你最后的宝贵时间吗？”

“正是因为今天特殊，意义深刻，所以我才想让你们来一起陪我度过的呀。”田甜说着，张开怀抱，“来一起见证这幸福而又悲伤的时刻吧。”

如她所愿，一干人马都汇聚到她的学校，唯独没有她那神秘的男朋友。

桃儿窃窃私语告诉我，“她那调酒师男朋友根本不是什么调酒师，就是个混迹酒吧的骗子，专门对她这种无知少女下手，卷了她的钱跑了。”

我轻声说道，“那报警没有啊。”

“报过了，田驰已经报警了，不过没告诉她。”桃儿细声叹道，“这事就算过去了，今天这日子更不能提。不然她会怨恨我们一辈子。”

“十万也不是小数，这代价也忒大了点吧。”我叹着。

“田驰说，他不想现在就毁灭她心中的美好，他宁愿让她相信，她的男朋友是个调酒师，虽然骗走了她的钱，可是却是真心爱过她的。”

田甜穿着学士服在操场上跟她的同学热火朝天地拍着照片，而我们一群人坐在阶梯上，看着下面一群戴着学士帽的青春者。

“晚上一起吃饭吧，我请客。”陈云枫说道。

“你早该请了！”安恩跟着说道，“一般的地儿我们可不去。”

“行！你们随便挑。”他说，“消费没有上限。”

“哥。”田甜跑过来递给田驰相机，“来给我们拍照。”

“我不会用。”田驰尴尬地说，“我只会用手机。”

“别怪你妹我鄙视你，你好歹跟艺术沾边儿，怎么连个相机都不会使。”

“关键是你这相机太专业了，赶上人拍电影的了。”田驰说道，弄得四周一片嘲笑声。

“我来吧，是佳能6D的吧。”林川北说道。

她先跟我们合照，然后还拉着我们跟她的同学一起大合照。穿梭于她学校各个角落，图书馆、食堂、教学楼，都一一拍了个遍。

“在校的时候怎么没发现你这么热爱你的学校啊？”田驰冷言冷语道，“这要离校了，这么热情，太假了吧？”

“你懂什么，”田甜顶他的话道，“正因为过去不曾拥有，所以不想以后连回忆都无家可归。”

“来！干杯！恭祝田甜小姐毕业快乐！”陈云枫做东，一群人聚在一起，我们举起酒杯，齐声喊道。

“快乐什么啊？”田甜饮完杯中酒，说道，“四年的青春到此终结，过了今儿，我就跟你们同流合污了，走在了抗衰老战役的第一线上了。”

“你这都使唤的什么词儿！”田驰跟着说道，“青春那是一种精神状态，只要你热爱生活，热爱生命，分分秒秒都是美好时光。”

“此处有掌声！”安恩吆喝道。

“说得特别棒！青春就该是不朽的。”陈云枫说，“我们不是在抗击衰老，而是在滋养岁月。”

“那你有没有想好毕业以后干什么呢？”安恩问田甜。

“我都想好了，”她放下杯子，站起来，一副傲气凌人的姿态，“我要成为模特界中最好的化妆师，也要成为化妆师中最靓的模特！”

“我怎么听着有点自编自导的味呢？”田驰说道，“你还是踏踏实实地找份工作吧。”

“我觉得她的理想挺靠谱的，”桃儿说，“模特不就是化妆师的作品么，跟你们设计东西一样，只有作品与作者合二为一的时候，灵感才会涌现，才能成功嘛！”

“就是就是。”田甜保持着姿态，跟着说，“哥，你那思想太狭隘了。”

“我这是前车之鉴，你会后悔的。”田驰不服地说，“理想是什么？那就是——”

田驰说着，突然停顿，然后变腔说，“理想与现实的差别就好比是猪八戒穿条裤衩，自以为很性感，其实就是耍流氓！”

此语一出，满座皆惊，无人悟其意。

“我的意思是——”他自我解释道，“咱还是穿多点好，穿多点好。”

原来如此。

“这第二杯我自罚，”陈云枫说，“前两回我爽约没来，这次算我赔罪。”

“一杯太不够诚意了，得要吹瓶！”田甜鬼闹着。

“你少胡闹，这空腹喝酒很容易醉的，还一瓶！”桃儿说。

“人家的男朋友，你心疼什么呀！”田甜坚持道，“爽快点啦！”

“行！没问题！”陈云枫果真要吹瓶，我试图阻拦。

“我俩一起吧，”林川北起身说道，“我们一人半瓶，大家同意吗？”

如此一来，田甜只好从众。

“咱换个话题吧，”安恩说道，“樱桃帮的成员么，你们想好总决赛怎么比了吗？”

“其实说真的，我们仨还真没想到会挺进总决赛，多亏了这一路走来，各路豪杰鼎力相助，”桃儿举杯说道，“尤其是我们的两位海归知识分子，我代表樱桃帮敬你俩一杯。”

“那他得两杯，把安恩姐的那份也喝了。”田甜唯恐天下不乱。

依着田甜的建议，我们选在了一家海鲜餐厅，而这季节恰逢休海期，没什么特别的海鲜，只有海蛎子、海参、蛤蜊等为数不多的几种。

“这第三杯，我得敬你俩，预祝你们结婚快乐！”陈云枫说着，又跟林川北干一杯。

酒酣人醉，难得一兴。

然天下无不散之筵席。

凉风有兴，一阵一阵地吹着。

惹得星空上的云朵飘浮不定，月亮含羞遮面，月光忽隐忽现。

“你说这天上的风与地上的风是同一道风吗？”桃儿突然问我。

田甜兴奋过头，本就不胜酒力，喝了两瓶啤酒就吐了，最后还得让他哥背着送她回去。

陈云枫按照惯例，找了代驾，顺道把田氏兄妹送至府中。

而林川北与安恩自是不用说。

“这天上的月光和地上的月光是一个月亮的不？”我反问她。

“不一样。那看不见的风与月光比地面上的纯净。”她说道。

一辆出租车停到路边，司机对我们喊着，要不要坐车。

“我们打车吧？”桃儿说，“早点回家。”

“浪费那钱干吗，就快到了。”

“走啦！我想早点回家。”

田驰给我打电话的时候，我陪着高阿姨正在安定广场上逛着。

“高阿姨，这里就是安定广场，”我介绍道，“很多自由活动都在这里办的。”

“真气派！”高阿姨称赞道。

“这还不算气派哩，”我说，“泰国有个暹罗广场，比这儿壮观多了，它是泰国最繁华的地带。”

“是吗？还有比这儿阔气的呀！”她惊讶道，“我是井底之蛙哦。”

“您别这么说，我也是一只井底蛙。”我笑道。

安定广场是安定市内最大的广场了，周围是一排排高档的品牌大楼、餐厅、影院，错落有致，称得上本市最繁华的地儿了。

“你把林川北电话给我吧，”田驰在电话里说，“我想借他点智慧。”

我以为他说的是参加决赛的作品。

“咱已经剽窃一回了，万一东窗事发，我们岂不是名誉扫地，工作室跟着遭殃。”我说。

“你想太多了！”他说道，“总决赛是现场竞技，真刀实枪地比拼，谁也帮不了我们。”

“他不是熟悉西方设计么，我学习学习，回头在作品上沾点洋气，为咱工作室长远发展考虑，这叫未雨绸缪，与时俱进。”

“你拉倒吧！”我直接揭穿他，“你就是怕东窗事发，毁你半世功名。”

其实我也担心。毕竟微博上对我们半决赛的“简约型皇冠”争论得热火朝天，而被认作创造者的我们却也一知半解。也因为这样，桃儿拒绝了现阶段一切商业合作，毕竟是两种不同风格的设计水准及理念，着实害怕露馅儿。

“毁我就是毁你呀！你总不想工作室倒闭吧？”

逛了几家品牌服装店，高阿姨进去就出来，她说这些衣服完全不在调上。

“您啊，就是舍不得。”我说道，“您还是挑两件吧，不然您儿子心里该不踏实了。”

“可这也太贵了，都一千多块一件的，我一把年纪了，穿这么贵的衣服也没人看哪！”

“管谁看呢，咱就图自个儿心里喜欢，高兴就成。”我说，“这不是一分价钱一分货么，陈云枫是心疼您，您总得应了他这一片孝心吧？”

她听罢，思索片刻，突然应允，“是的，我是该买件像样点的、隆重点的衣服。”

最后在反复筛选之下，她看中了挂在打折区一件丹红色的套装衣服。

“桥依啊，”出了店门，她问我，“衣服我也买了，我能问你一个问题吗？”

“当然能啦，您想知道什么尽管问。”我塞好衣服，笑着回她道。

“阿姨是过来人，也是女人，我能感觉出来。你对陈云枫缺少了一种激情，爱的激情。”她说道，“说白了就是心动。虽然你俩在一起，你是他的女朋友，也很在乎他，但是就是少了那股劲儿。”

“我啊，宁愿你们吵吵闹闹的，你们之间太平静了，静得让人害怕，叫人恐惧担心。”她一边继续说着，一边走着。

“可是高阿姨，我们女人最后不都是嫁给了爱自己的人么。”我一边说着，一边扶着她走着。

“可是爱自己的人不止一个，你爱的人却屈指可数，你为什么选上云枫呢？”

“他善良正直，”我说，“有善心的人会温暖别人。”

我说着，都记不清自己最后有没有把话讲完。

我想我爱上了那份温暖。我想有个安稳的家庭，我害怕孤独，我害怕被抛弃，我害怕有一天，我又会突然一个人苟活在这世上。

就在我们身后，广场中央的喷泉突然冲出地面几米高，弄得我们猝不及防，差点被淋到。

7. 后会无期

安恩给我打电话的时候，我们仨正在梦想屋讨论着工作室的未来命运。

而在此之前，她几乎每天晚上都会打电话来骚扰我，那是她婚礼前一个礼拜，她说她越来越紧张，我说她这是典型的婚前恐慌症。

“不错嘛！”我称赞田驰道，“你还真学到点本事。”

田驰向我展示他最新的设计作品，与之前完全迥异的风格，真难以置信是出自他的手笔。可比他自学的那本什么西方经典的书强多了。

“这叫名师出高徒。”桃儿说道。

“非也！是青出于蓝而胜于蓝！”田驰不要脸地自夸道。

“在我们开始董事会议之前，有件事要先处理。”田驰说着，从包里拿出一个厚厚的信封。

“桥依，我跟桃儿都知道了，”他一本正经地对我说道，“上次回老家，医院都告诉我们了。”

“还有，我知道你们去泰国之前向陈云枫借了五万块钱，后来还了三万，还差两万。你可别认为我是想替你们还债喔，这钱算我入股，从今儿起我要正式加入梦想屋，成为与你们并肩的股东之一。”

我看过桃儿，她却把钱塞到我的手中。

“先拿去还了吧，”她说，“分分钟我们就赚回来了。”

“我觉得当务之急就是开辟疆土，将我们的梦想屋发展壮大，你想想啊，咱坐拥500万粉丝，还挺进了总决赛，回头让粉丝跟客户知道了，咱这工作室跟彩票店一般大小，多不光彩啊！”

田驰发言道。

“可是先生，哪来的钱给您开辟疆土？”

“所以我们要打好最后一仗，赢得冠军就有百万奖金，资金问题就迎刃而解了。”他又说道。

“可我们不是你，更不是那林川北，怎么赢？”桃儿反问道。

“别泄气啊！奇迹总在最需要的人身上发生。”他继续说，“你看看，从头到尾，我们历经了多少挫折和磨难，走到现在多么不易啊。”

“万事开头难，你半路插队来的，还好意思说自己历经磨难。”我说，“不过你这么说，也对。”

“虽然我也知道赢冠军的几率不大，但这不是主要目的啦，你想想啊，你们一炮而红了，会有多少合作商找上门来，那时候你只要把门开着，钱啊什么的滚滚而来。”他继续构造着未来的美好蓝图。

“然后呢？”桃儿问。

“把工作室改公司，这是第一步；第二步就是在市中心写字楼租上300平方米的办公地方。”

“那得要多少钱？”我打断他道。

“你怎么老着急钱呢！”田驰不满地回我，然后继续兴致勃勃地演讲着，“前期不用招聘太多人，十个人左右，主要是设计师和商务谈判专家。”

“什么是商务谈判专家？”桃儿亦打岔道。

“立足于公司的战略方向，综合考虑公司的利益，能有选择性地把生意谈成谈好。”他解释道。

“不就是业务员么，我也行啊！”桃儿说。

“你是行，可你是公司董事啊，有董事去给人当业务员的吗？”他一套一套地说着，桃儿一句一句问着。

而我接到安恩的电话。

“这还没到晚上呢，你又睡不着了？”我站在屋外，对着电话对安恩说道。

“你在哪儿，干吗？”

她一句话问了我两个问题。

“我们在梦想屋商讨着未来大计呢！”

“你是要江山不要老公了是吗？”

“我跟北北在医院呢，我复检。真够有缘分的，你猜我遇见谁了？”

“不会又是马苏吧？”

“还有老陈，这次是千真万确，证据确凿。”

“而且还在妇产科！”安恩尖锐地说道，“我要是你现在就来捉奸在床！”

“你到底有没有听到我说话啊！”

“我不去。”我没听进她后来说过什么，只是最后说。

我转身回屋，猛地抬头，阳光刺入我的眼。原来已经快到盛夏的季节。

“那你是不是还想着能上市呢？”

“那太遥远了，但是三年内一定能做成安定市内前三甲。”

他俩依旧争论着，一问一答。

“拉倒吧，那都是遥不可及的梦！总决赛还没谱呢，回头让人耻笑。”我说。

我一个人散步在小区附近的街道上，天色不算晚，正是夜晚最热闹的时候。

下班之后，田驰跟桃儿就去两人世界了。而我说谎说，陈云枫下班之后来接我。

“哟！好巧啊！”林川北在挂着号，安恩独自走向前说道。

陈云枫与马苏同时转过身，看到她。

“怎么又是你？”马苏先开口说道，“你是在跟踪我？”

“老陈，你告诉她我是谁吧？”安恩语气逼人地看着陈云枫说。

“她是段桥依的大学同学，叫安恩。”

陈云枫话说一半的时候，安恩眼疾手快地夺过他手中的化验单。

“堕胎呀！”安恩尖声喊道，“是不想要孩子，还是不能要孩子？”

“别不说话啊！”安恩继续说，嗓门又拉高一个调，“老陈她是你什么人哪，她堕胎要你陪着？”

安恩故作骂街的姿态引来一群人围观，而其中必然传来了声音：“很明显嘛，孩子是他私生的。”又或者听见：“看模样应该不是恋爱关系，是小三儿吧。”

“你怎么在这儿？”陈云枫转而问安恩。

“你心虚了？”安恩咄咄逼人，继续呛着，“别以为转移话题就能逃脱，这么多双眼睛看着呢。”

“别在这儿贼喊捉贼了，”马苏冷嘲道，“你以为你老公是清白的？”

“你别血口喷人，我不吃你这套！”安恩回应道，“至少我肚里的孩子是我老公的，我没有要偷偷堕胎！”

林川北挂好号回来，也许是心急，跑过来的时候摔得踉跄。

他来什么话都没说，只是一只手扶着安恩拨开人群去了孕检室。

“这死丫头偏不信我的话，这回好了，人赃俱获！”安恩挺着肚子，边走边说。

“你管那闲事做什么，”林川北安慰她道，“自己还挺个肚子，这要有个万一怎么办？”

“可我也不能不管啊！”她说，“真没想到这陈云枫竟然是这么一个人！”

“她不是不信你的话，而是害怕面对。”

“这有什么的啊，反正没结婚，大不了分手。就算结婚了，也得离婚！”

在收到安恩的短信之后，我便关掉了手机。她是个急性子，心里憋不住事的人。

等我晃过神来，不去思考医院里发生的这一切，天空已完全被染成了墨色。好奇怪，白天阳光还那么刺眼的晴天，晚上的天空居然连一颗星辰都见不到。

喧闹的街道逐渐恢复平静，我快忘记我已经独自走了多久、走了多远。

继续向前走着，不远处三五人围着，中间地上躺着一个人。

竟会是林川北。

医院走廊内，我独自坐着。深邃的走廊一片安静，尽头的黑暗让人恐惧，那里会通向哪里？整整过去两个小时，急救室的门才打开。

运动元神经病，上下运动元合并受损。临床表现为瘫痪，俗称渐冻人，发病快的话，一年内死亡。医生轻描淡写地讲述着，没有半点刻意安慰。

“他这种病怎么还能让他饮酒呢，嫌他死得不够快？”医生深吸一口气瞪着我说。

我看到墙上挂着的锦旗，才知道医生的名字。

“他的左半侧身子已经僵硬，”仲医生继续瞪着我说，“你是他女朋友还是老婆？”

“都不是，我是他的朋友。”我说。

“能治疗吗？”我问道。

他叹息一声不再看我，也没有作答。

我守着病房，没有给安恩电话，他不想让任何人知道。

“你都知道了？”他微弱地问我。

我点头，“你以为跑步的方法就管用吗？为什么拒绝治疗？”

“医生说你不能喝酒抽烟，你怎么还自作主张那天喝那么多酒，还抽烟。”

“没事，别听医生大惊小怪的。”

“你动一动那只手给我看看。”我指着他的左手对他说，“那天你说摔伤的，现在该好了吧？”

“你怎么还哭了？这不是好好的吗？”他用力抬起左手，可满头大汗，似乎耗尽全身的力气。

“一般来说，只有中老年的人才会患这种疾病，年轻人运动神经元不容易受损，”仲医生一边说着，一边在书架上寻找着什么，“目前，患这种疾病的病因在医学上尚未明确。”

“能治吗？”我着急问道。

“无法根治，”仲医生停止找书，盯着我说，“死亡率近百分之百。”

摧毁一个人最残忍的方式，不是打败他，而是让他的信念坍塌。

就好像此刻的我。

那只断了尾巴的猫，何尝不是另一个我呢？

我相信它的尾巴还能生长，仅此而已。

仲医生的话瞬间把我打入地狱，永世不得超生。感觉整个身体在往下坠，天昏地暗，又仿佛一股力量拽着我往上，剥离着我。

“这是西医疗法，必死无疑。”他继续寻找着，“中医疗法具有整体治疗的作用，对于一些病人可进行辩证施治，有利于对神经组织的修复，降低有害物质对神经元的损害。”

但是，完全康复的可能性不大。他最后又补充道，“最好的情况——瘫痪吧。”

“你非得摆张丧气的脸吗？”

第二天上午，他要求出院。坐在床边对我说。

“你忘了你答应过我一件事。”他继续说着。

回到那天早晨，我从他家出来，他曾这样问过我。

“现在是履行你承诺的时候了，可不能跟上回一样不守约定。”他说着，停顿道，“替我保密，不许告诉任何人。”

“可你这样能参加婚礼吗？安恩怎么办？”

“我有办法的，都安排好了。”他回我。

他好像预料到我会是第一个发现他真相的人。

“不知道，也许是预感吧。”

他坚持要出院，仲医生也拦不住，只是配了几副中药。

“他都有勇气一个人坚持到现在，还会害怕死亡吗？”仲医生拿给我药，对我说。

“安恩告诉你医院的事了？”

我煎着中药，以为他休息了，却发现他坐在沙发上津津有味地看着世界杯。

“不是晚上吃么，现在还是中午，是不是太早了？”

“不早。药又不知道现在什么时候。”我说着，把汤药放到他跟前。

“你一整晚没睡觉了吧，”他暂停电视，对我说道，“这些我自己都会，我能搞定。”

“你喝吧。”我催促他，看着他一口一口把汤药喝完。

而就在我弯腰收拾的时候，突然眼前一阵眩晕。

再醒来的时候，桃儿坐在我身旁。

“别紧张！”她笑嘻嘻地说道，“我给你脱的衣服。”

我一眼认出这张似曾相识的床，我睡在他家的主卧，跟上次一样。

“你手机一直关机，人死哪去了啊！”桃儿指着我鼻子说，“怎么在这儿？”

我在昏迷期间，林川北打电话给的桃儿。

“你俩怎么会在一块？你又为什么突然晕倒？”桃儿一连串地问着我。

“你闭嘴啦！”我说道，“回家跟你解释。”

说罢，我掀开被子，准备收拾。可上身居然是一丝不挂！

“衣服上面一股味，我帮你脱下洗了。”桃儿说，“呐！还把你吹干了！”

我抢过她手中的衣服，没好气地说，“多管闲事！”

已经是晚上七点多钟，外面灰色朦胧。

盛夏的夜来得迟些，但此刻已经是万家灯火。

我跟桃儿一前一后走在回家的路上，这里距离我们住的地方步行一刻钟就到了。

我在前，她在后，我踩着自己的影子前行着。

“你是不是得什么病了？”桃儿在我背后突然问道。

“啊？”

“我中午去的时候闻到屋内一股中药味。”

我停住，等一阵风吹过。

“是啊！”我对她解释道，“我正想和你说呢。”

“什么！”桃儿跑我前面，诧异地问道，“马苏去医院堕胎，陈云枫陪着？”

我点点头，然后说，“后来我就关机了。”

“可能是没吃饭的缘故吧，还走那么长时间的路，体力不支，当时就这么扶着垃圾箱，眼冒金星，半昏半醒着。”

“他跑步经过的时候就碰到了。”我继续说着，“所以就发生了这一切。”

“你俩不是够有缘，而是真有缘，命中注定。”桃儿说，却一脸忧伤。

“你干吗哭了？”她又问我，盯着我的眼睛看着。

“是下雨了吧？”我抬起头，望着夜空，果然半秒之后，飘来阵阵雨点。

“那还不赶紧跑啊！别跟上回一样得感冒一次好几天！”

在她没说完之前，我便向前跑了出去。就像犯规的田径选手在枪声未响前，就迫不及待冲去终点。

而最后，只是一场细雨而已。

也许是白天昏睡的缘故，我彻夜未眠。

第三天，终于盼来了总决赛，现场直播着。

陈云枫在比赛前发来一条短信，希望我安心比赛，他会在结束后给我一个满意的解释。而我已经把两万块钱汇进他的账户。而此刻，他就坐在我正对面的观众席上，高阿姨坐在他的身旁，温柔慈祥，跟初次遇见的一样。

今天不凑巧，大家都很忙，就连田驰一早也被田甜火急火燎的一通电话喊了出去。

所以，我们的亲友团上只坐着他们母子。

比赛以抽签的方式分成四组，第一轮淘汰掉一半，由现场评委决定，第二轮便是最后的排位赛，由现场的大众评审投票决定，而大众评审均来自各个设计领域的资深人士。因为参赛者也都来自不同的设计专业，所以这样显得公平公正。

我们抽到3号签，按照规则，我们第一轮的对手是6号签选手。他是一名在读研究生。

可桃儿却一直六神无主，她凝望着观众席方向，好几次主持人喊她，她都没立刻反应过来。

“可能是太紧张了，”我们在侯赛区休息，桃儿解释道，“有点不适应。”

“你别紧张啊，你一紧张我更加紧张了。”我说道。

“陈云枫来了。”

“我看到了。”

“你打算怎么办？”

我叹息一声，说，“如果我当作以前的一切都从未发生，你会不会瞧不起我？”

“会！”她说，“但是我支持你。”

比赛如火如荼地进行着，很快到了我们这组。

“各位评委老师，各位观众朋友们，大家好，我们是樱桃帮组合，不过你们可以喊我们樱桃小姐。”我流利地陈述着，脸上挂满骄傲，“我叫段桥依，她是我的搭档骆桃。”

我永远会记得这个瞬间的掌声。我和桃儿手牵着手向观众席鞠了个躬，以示感谢。

第一轮比赛是针对随机抽取的作品，双方选手分别进行概念性阐述，包括作品的设计理念、创意及缺陷，随意表述，听着像一场辩论赛。

大屏上放着的是著名的美籍华人建筑师贝聿铭先生的代表作“美秀美术馆”。

对手先发言，他慢条斯理地说着，“这是大师级的作品，作品的每一寸设计都是为创造而生，作品毫无创新可言，而是全新的创造！铝质框架、玻璃天幕，展现了大师开放的思维能力；整体内外色调偏暖，可不腻，细看反而觉得冷艳，而内部的展览布置，展现了大师别具匠心的空间想象力，浑然天成，堪称完美。”

“这些都让他说了，我说什么啊。”我闭着嘴巴跟桃儿说道。

而她却一直愣在原地，动也不动。

"无疑这是当今世界顶级的作品之一，"对手滔滔不绝地说着，赢得一阵阵掌声，"可是完美有时候也会是一种错误。"

"就好像一个顶尖的歌手，她有着独一无二的唱腔和炉火纯青的唱歌技巧，可越是这样，往往对于听众来说，她的情感就越容易被忽略，尽管每首歌她都满怀真情。"

"我们无法否认，婴儿的哭声更能使我们动容，情感永远是第一技巧。"他说着，台下包括评委席上掌声雷动，"我认为，大师追求几何的精致美，而在本作品中亦得到极致体现。"

"可是，太过于逼真就缺少了意境。"他最后说道，掌声依旧不绝于耳，前排的大众评审甚至齐齐站起身给予掌声。

我想我输定了。

第四天，我在家枯坐一天，一个人。

一整天没说过一句话。

但我知道，全世界的人都在骂我荡妇。

第五天，我收拾着屋子，准备搬家。

我一遍遍看了每个角落，东西差不多就这些吧。我拎着大大小小的包到楼下，搬家公司的人蹲在地上抽着烟，他甚至没有抬头看我一眼。

来来回回跑了三次，终于搬完所有的东西。而最后我关上房门，又打开看了一遍屋子，空气却已经变了味道。我最后关上门，把钥匙从门缝塞了进去。从此后会无期。

"师傅能去下朝阳路么，我把东西搁那儿。"我上车后，对着司机说道，而车上也只有我们两个。

"要加钱！"他斩钉截铁地回我道，把烟头掐灭，扔出窗外，同时吐了一口吐沫。

“加多少？”

“500 块！”

“500 块？”我难以置信地反问道，可这本来就是搬家公司的分内之事。

“要不你现在换家搬家公司，反正你这种人的钱我也不想赚！”

第六天，明天就是七夕。

周围一片漆黑，好像回到了八年前的地方。

我已经一整天没见到阳光，不，是一点光亮也没有。

第七天，我昏昏沉沉之中，听见一阵敲门声，可一会儿又安静了。

我试图在黑暗中站起来，可是没有力气，我的周围堆着我所有的行李，我在黑暗中摸索着，寻找可以支撑的点，却不小心碰掉了什么东西摔在了地上——我放弃了。

迷迷糊糊之中，不知过去多久。

一束暗淡的光破门而入，正好照在我的脸上，是手电的光。

“跟我走吧。”一个声音在对我说。

我竟然连摇头的力气都没有。

他试图抱起我，可是太艰难，他想拉起我，可我站不起来。

他的手电掉到地上，他踢走那掉下来的箱子，看到了下面一滩已经发黑的血迹。

他还在坚持地拉我起来，用一只胳膊，顽强地，嘴巴咬着手电。

“你爸还有半年要出狱了。”他深深喘着气说道。

我看桃儿的眼神，那不是紧张而是仇恨。

轮到我们发言了。

我吐了口气，心情忐忑不安，但还是张口陈述道：

“设计是自由的，可它又是有灵魂的。美秀美术馆是贝聿铭先生的杰作，可是却是一个被约束下的杰作。但是这种制约不是因为客观条件，而是先生自己给自己拴上了缰绳。”我想到一句说一句，毫无逻辑，“先生的思域是广阔的，我们看。”

说着，大屏上的图片从各个侧面展示着3D效果。

“因地制宜是最古老的建筑起源，而现在，我们的外观设计不仅要在视觉上推陈出新，就如作品，从多层多面的角度，不是近看，而是远观，它就是一座连同人间与天堂的通道。”

“不仅如此，建筑还要兼顾室内设计，正如我的对手所说，先生追求着几何美学，这是他的设计核心所在。”

我突然哽咽，因为桃儿的眼角渗出泪水，一股被压抑的力量呼之欲出。

“你继续说下去。”评委席上的一位老师说道。

总决赛的评委由四人组成，其中三人是上一轮比赛的老师，新加入的那名，是某知名设计公司的艺术总监，他将颁发冠军奖。

我断了思绪，一时愣住。

“建筑与人一样，都有本性。”桃儿突然开口说道，“比如文学作品，到最后比拼的都是作者对人性的理解和批判，建筑设计也一样，它的真实一定是向世人展现异于记忆的空间，或者是从未有过的体验，不是肉体，而是灵魂！”

桃儿说着，眼睛直盯着刚才评委席上发问的老师——那眼神让人不寒而栗。

就在观众席迸发出掌声的过程中，安恩突然从摄像机旁边闯上了舞台。

而几乎同时的，田驰也突然出现，就站在安恩的身后。他看着桃儿，而桃儿依旧死死地盯着评委席。

“段桥依，你这个杀人犯的女儿！”她对着我吼道，摄像机就在她的身后。

“我怎么对你的，你又是怎么还我的！”她拿出照片对准摄像机，然后甩向我的脸，照片散落在舞台四处，她又骂道，“你还真有脸在全国人民面前装纯！”

编导掐断直播。

可那短暂的几十秒足够让我臭名昭著，沦为过街老鼠。

我拾起照片，上面是我——赤裸着上身躺在床上，那是在林川北家，床头还放着他的照片。

田驰向前走了两步，拖着步子，像是背着沉重的包袱。最后站在摄像机旁边，对着台上的桃儿，泪眼婆娑地说，“怎么会是这样？”

“我要杀了你！”只有我能听见桃儿站在原地瑟瑟发抖，战栗地说着。自始至终她直视的都是那个发言的评委——那位新加入的评委。

为什么我们的过去总时常来骚扰我们现在安稳的人生？时间能带走伤痛的记忆，能留住美好的回忆，可为什么世界总不把过去遗忘。

“哥，你看这是什么？”田甜交给田驰一个U盘，说道，“本来不想给你的，我怕你看了心理承受不住，但是我更怕你就这样被人欺骗一辈子！”

U盘里装的竟会是桃儿在厕所被侮辱的录像。

桃儿在比赛前关掉了手机，田驰不停地打她的电话。她说太紧张，不想接，怕接了更紧张。

从那一刻起，她就忧心忡忡，仿佛变了一个人。

安恩紧锣密鼓地筹备着明天的婚礼，而在此之前，她还偷偷地让他爸托关系让评委多帮我们，而那个评委就是新加入的这位。

可他根本不是福音，而是恶魔。

那晚，把骆桃堵在厕所的一群人中，带头者便是他。他忘记了，可他的嘴脸骆桃永远忘不掉，在无数个夜晚中，都会被之惊醒。他是真正的恶魔，真正的罪恶，他理应受到惩罚！

“恭喜你再过两天就要晋升为新娘啦！”沈大嘴一边试着伴娘装一边对安恩说着。

“同喜同喜。”安恩拆着刚签收的快递，说着，“不来参加婚礼，倒是把份子钱寄来了。”

“是啊！谢谢你让我有机会沾沾喜气，没准儿我明年就能遇到我命中注定的王子了。”沈大嘴一脸垂涎模样，“对了！我还没见过你老公呢，上回聚会说好带出来看看的，后来也没带。”

“你着什么急啊！两天后让你看个够！”安恩拆掉包裹，里面是一张祝福卡片，还有一包信封。

“不用等两天啦！我已经看到了，哇塞！好帅啊……”沈大嘴盯着墙上挂着的林川北与安恩的结婚照，称赞道，“可是，可是……”

“可是什么？”安恩一边问着，一边看着卡片。

卡片上写着：亲爱的安恩小姐，我由衷劝诫你一句，放弃你的婚礼吧，你会输得很惨。

“可是这人我怎么这么眼熟呢，好像在哪里见过！”沈大嘴不着边际地说着。

卡片的落款人处清楚地写着“马苏”的名字。

“你说什么，说清楚啊！”安恩丢下卡片，催促沈大嘴道，然后迫不及待地打开信封。

“好像是在大学的时候，”沈大嘴皱着眉头回忆说着，“不对啊！他应该和段桥依在一起的啊！”

信封里装的是一叠照片，正是此刻她甩向我的照片。

我拿好照片，站起身，对安恩深深鞠了一躬，“对不起。”

“从头到尾你都是骗子！你究竟背后瞒着我多少事情！”安恩哭着骂我，“真是有其父必有其女！我好傻，我怎么会和一个杀人犯的女儿成为朋友！”

“我不是杀人犯的女儿，我爸没有杀人。”

我从另一侧走下台，只想离开现场。走到她脚边的时候，我轻描淡写地回了她一句。

“你真让我恶心！难怪你不在意自己的男朋友有外遇，原来你自己就是小三！”

她说着，情绪激动，就站在台边骂着我，我捏着照片，穿过田驰与摄像机中间，径直逃了出去。

我哭着，可眼泪并不无辜。

我爱他，林川北，可我更恐惧孤独。

可是桃儿，我曾经最亲爱的姑娘，是你想方设法拍了这些照片。你背弃了我们曾经美好的承诺，说好了一辈子相依为命，说好的一辈子不分离。

林川北背着我，一只手托着我的腰，嘴巴还是咬着手电。

我想挣脱，想自己走，可脚上的伤痛逼得我退缩。

比起他，我真的好懦弱。

经过一家路边摊，他才放我下来。

“田驰早上去找过你，”他对我说，脸上的汗不停往下滚，“他敲了两声门，没人应，以为你不在。”

我喝着米饭泡的粥，听他说着。

“他走了，一个人。临走前让给我捎些话给你。”

“他说什么？”

“人都是自私的，包括我自己，一切都结束了。我们相爱因为本能，因为爱是我们命中注定的，而那些被爱伤过的、为爱牺牲过的，都是我们活着、探求生命真谛必须付出的代价。而同样的，为了追求或守护爱，我们注定会做错一些事，无法挽回的错误，或是因为人的本性，自私、懦弱、恐惧，以为自己离爱更近，却已偏离真爱的真谛。即便是如此，我们依然会义无反顾地去爱，命中注定的，我们没有选择。”

他说着，我脑海里回想着田驰的语气。

“还有，”他继续说，“她被抓了。”

我眨了下眼，眼泪垂直落在了米粥中。我知道，警察那天晚上便去我家找过我，让我替桃儿收拾些衣服。

“我要杀了你！”她疯了似的冲向评委席，嘴唇上一片血迹，出乎所有人意料，以至于没有人来得及反应，没能阻拦她。

“她呢？”我低着头，问林川北道。我指的是安恩。

他替我拌着汤，却突然僵住，手中的勺子脱手坠地而碎。

因为，那天，安恩从台子上跌了下去。

天空突然下起雷阵雨，没有任何前兆。像是一场过去未下完的雨，一直以来随时准备着袭击。

我抬起头，雨水混着眼泪在眼眶中打转。这场迟到的暴风雨弄得行人措手不及。

他不让我跟着，把我赶下救护车，只是丢给我一串钥匙。

而我站立在雨中，脚上的血迹已经被雨水冲洗得一干二净，望着救护车渐行渐远。

我按着林川北的嘱咐，打开电视机下面的小盒子，里面放着一张存折，还有一张房契。

“我把房子卖了，替你赎回了房子，等你爸出狱，一切又是从前的样子了。”他扯掉氧气罩，拿着小盒子，断断续续地说着。

“我在法国留学的时候，我爸妈出了车祸，这里面是他们留给我的所有财产。其实我比你惨，你至少还有你爸，我在这世上只剩下自己。

“我没你想的那么坚强。我想辍学回来，我觉得所有的一切都毫无意义，我甚至有过自杀的念头。而偏偏那时候让我遇见了安恩，她活泼开朗，她是那种——只要你跟她待一块、说上几句话就会不经意忘掉烦恼的姑娘。我并不知道你俩是同学，回国前两个月才发现的。

“这存折里的钱够孩子长大成人了，可是我看不到了。”他的泪夺眶而出，顺着眼角滴在白色的枕头上。

“她不会要的，她现在对我恨之入骨。”他眼睛通红着，“等我死以后，你再帮我给她吧。一年以后，她会收到我的定时邮件，这一切她便会统统明白。”

“你为什么不告诉她，你其实很爱她。”我说道。

他浅笑着，拒绝回答。

“桥依姐，”田甜对我说，一脸深沉，“你接下来打算怎么办？”

一个礼拜后，我随田甜出庭，她那“男朋友”被捕归案，她去当证人。

法庭上，田甜出乎我的意料，从头至尾没有看她那“男朋友”一眼，陈词果断，不偏不倚。

“你的陈词决定着他的生死，你就没想包庇他吗？”休庭期间，我调侃她道。

“没有爱就没有恨，没有恨就没有痛。”她吸着冰咖平静地说着，“张国荣的《当爱已成往事》里的歌词不就这么唱的么！”

“我与他，一直是我一个人的爱情，刚开始那会儿特别痛苦，我还老跟我哥较劲儿。而现在，形同陌路，不爱不恨。我只是一个单纯的见证者，一个素不相识的过客。”

“走吧！”她丢掉手中的咖啡，对我说。

“你不听最后的审判结果了？”

“与我无关啊！”

她轻盈地走开，我跟着，却看见她在楼梯口突然停住。

是骆桃，被押着，准备出庭。

我们被迫退避到一侧，她从我们身边经过，昂着头，冷漠的表情，盯着前方，自始至终未看我们一眼。

“你恨她吗？”田甜回过头来问我道。

“我恨！”我咬着牙，回过头，停在原地说。

“那你恨我吧！”她看着我，直言不讳地说，“你也说了她是因为不想失去我哥，所以才背叛你的。”

“而且你俩之前关系那么好，好得都让我哥嫉妒。”她继续说。

“所以更恨！”我仍旧回道。

我的回答让她感到沮丧，可她不明白我恨的什么。

但是从这一刻起，我便更清楚，樱桃小姐已经死了，永远地死了。那段嬉笑怒骂、没心没肺、并肩奋斗的日子再也回不去了。我们不再是一个人，而分成了两半，拥有各自的灵魂，未来不再有团聚。

“是不是我做错什么了？”田甜非要跟着我去医院，路上不停问我。

“如果我不信那个女人，毁了U盘，她就不会坐牢。”

“不关你的事。”我告诉她。马苏威胁了骆桃，就在我去探狱那天，她俩见了面。

马苏以录像做要挟，要求她拍我和林川北在一起的亲密照片。

比虚荣更可怕的是嫉妒，前者是自作孽，后者是毁灭别人。

“她才是罪魁祸首！”田甜咬牙切齿地说，“她用阴谋拆散了你们所有人，她不得好死！”

粉身碎骨是一种毁灭，精神崩溃也是一种毁灭。摧毁你赖以信任的爱的关系，让你在爱与孤独中挣扎，然后看着你苟且偷生。这便是世间最残忍的毁灭之道。

“她报复安恩，是因为她得罪了她；她这么对你，是因为她认为你抢走了她的幸福，所以才对你们赶尽杀绝的。”田甜尖锐地说着，“高贵的外表下竟然是一颗自私狭隘的心！”

听着她的逻辑分析，所有的人都因为我成为了受害者。

“我太冲动了，骆桃是无辜的。”田甜居然流下了眼泪，“可我觉得我哥太委屈了。”

她说罢，失声大哭起来。

“她只是因为太爱你哥。”我说道，“她不想失去你哥。”

否则她一定不会背叛我，我心里很肯定，我能想象到桃儿面对我拍的那些羞辱不堪的照片时，是怎样的心情。

“为什么好人最后都没有好报？”她泣不成声，独自说着，“为什么有罪的人却安稳着，该受惩罚的人反而幸福地生活着？”

我无法回答她。

“你接下来打算怎么办呢？”她又返回最初的问题。

“出国。”我说。

我去监狱探望了我爸，还有华叔叔。

我讲完所有事情的经过时，天色已经从早晨到了傍晚。

“爸，华叔叔。”我说道，“我想把房子卖了。”

仲医生帮我们联系了德国一家专科医院，他们刚研发出一种新药，专门针对运动神经元疾病，已经有临床被治疗成功的案例。而且仲医生说，川北的病和传统的运动元神经疾病有差别，趁现在还没到晚期，一定要抓紧治疗，找出病根，说不定能治愈。

“爸，不管成不成功，你出狱的时候我都来接你。”

“不成！”我爸生气道，“如果有效，你们就一直留在那里！缺钱了你就告诉爸，我出狱后还能干些活儿赚钱。”

“你就放心去吧，”华叔叔说道，“我是川北的舅舅，可这事他却没告诉我，告诉了你，他把你当作最亲最爱的人。”

“华叔叔，川北是不想让您担心。”我解释道。

“我知道，我不是怪他，我是欣慰啊。”他叹息道，“你带着他放心地去，缺多少钱你就告诉我，我这些年还存了些钱。你爸这边你就放心吧，我会替你照顾好的。”

我听着笑中有泪。如果我不是在撒谎，我所说的这一切都是真的，哪怕是一点儿的希望存在。

“所以你已经决定带着林川北出国治病了？”田甜在医院门口问我，眼泪干的痕迹清晰可见。

我点点头，同时帮她擦掉泪痕。

“你还会回来吗？”

“当然会啦！”我微笑着说，“治疗一结束我们就回来。”

“你们都走了，这里只剩下了我。”

我还是买了第二天的报纸。

那十恶不赦的男人被判重刑，同时涉案的其他人员都被逮捕归案，被判有期徒刑五年至二十五年不等。而她，被指控故意伤害罪名成立，考虑到事情的前因后果，法庭最后判她两年有期徒刑。那天她冲上评委席，抓住桌上的签字笔，在无人阻拦之下，笔直地刺入了他的右眼。

我叠好报纸，夹在一本茨维塔耶娃的诗集中，然后塞进我的行李箱，放在我的衣服中间。这本诗集是我在收拾她衣服时找到的，但是上面写着我的名字，还有几行字：

我自私的灵魂吞噬着我的思想，我们的过去曾在这里惠存，那么美好。

你曾是我恐惧中的守护者，我为可怜的爱情背叛了我们的誓言，把你卷入无尽的黑暗与恐惧之中。

可是，为什么这把双面刃，被我握着！我不甘心！

出发那天，烈日炎炎，已经是盛夏。

林川北穿着一件 T 恤，戴着棒球帽，而我还是老样子，唯一不同的是——

“女人的头发长得就是快，”他笑嘻嘻地说，“不过你头发扎起来还蛮有气质的！”

“呸！老娘一直很有气质！”我驳斥他，紧跟着又问，“你怎么什么都没带？”

我收拾了一行李箱的东西，累死累活地拖来，而反观他，除了头顶帽子，身无一物！

“我带了呀！”他回答我，说着从裤兜里掏出一支牙膏，还有一瓶牛奶。

“你去旅游的啊！”我大声喊道。

“是啊！”他居然更大声地回我。

田甜要来送我，我不肯，我害怕分离，但是她却是唯一会送我们的人呢。

我们提前两个小时到机场，几分钟之前，他硬是逼着我把我的行李给邮回去了。所以现在我俩干净利落地站在机场大厅。

“给你！”他把喝过的半瓶牛奶给我。

“我不要！”我嫌弃地说。

“出门在外，最讲究有福同享、哥们义气。”他说着，把半瓶牛奶塞到我手中，“别扔了，浪费！”

可我还是趁他不注意给扔了。

然面我却在垃圾箱处碰见了高阿姨，她碰巧也是今天启程回老家。

“他送我来的，不让我坐火车，正在替我换机票呢。”她慢条斯理地跟我说，“真的不见他了？”

“不见了。”我说，“都这样了。还是给我留点自尊吧。”

从我逃出直播现场后，我们便再无联系。所谓的解释早就不了了之，他是，我亦是。我们都犯了不可饶恕的错误。

也许马苏才是最懂他的人。

“您怎么突然就回去了，不再多住些日子？”我问她道。

“不习惯。”她笑着说，“这里太热，再待下去人都压抑了，我回老家避避暑。”

我们能一直活在爱的关系里，这便是最大的幸福。这是高阿姨最后跟我说的话。

我想我开始有些懂了。

“不再看一眼吗？”林川北拿着登机牌对我说。

“不看了。”我肯定地说。

“人生本就是一场旅程，有起点便有终点，而那些发生过的故事，只是让世界记得我们曾来过。”他递给我登机牌，突然说道。可不知怎地，我那不争气的眼泪瞬间又溢满眼眶。

我想起临走前仲医生说的话，这不是死亡之旅，而是去爱的天堂探究生命的真谛。

“敢不敢跟我打个赌？”我们过安检，他转过头嬉皮笑脸问我道。

“赌什么？”

“赌今年的世界杯，你猜哪支队夺冠？”

“恩……巴西，荷兰，西班牙……”我把我所知道的球队全部说了一遍。

“我赌德国！”他说道，却被安检人员拉到一边，搜出他裤兜里的牙膏，没收了。

“自始至终我都相信，一个永不服输的民族不会有软弱的足球，所以我赌德国会获得本届世界杯冠军。”他一本正经地说着，最后自己却忍俊不禁起来。

他说他想在德国结束生命。在他看来德国人是全世界最坚韧的民族，他们被毁灭过，被全世界抛弃过，可他们总能以最惊人的速度重新站起来，向全世界证明自己的勇敢。

我抹去泪花，陪着他笑。

命中注定的除了死亡，还有爱。

也唯有爱和死亡能改变一切，不是吗？